삽화 : 이미지, 노경진

프롤로그

제가 근무하는 숭실대학교에는 1919년 4월 4일에 창간된 최초의 대학신문 『숭대시보』가 지금까지도 발행되고 있습니다. 이 유서 깊은 신문에 저는 코로나가 한창이던 2021년 8월 17일부터 '소설의 숲을 걷다'라는 코너에 소설 단평을 연재하기 시작했습니다. 한 학기에 보통 10여 편의 글을 쓰면 되는 일이지만, 약 12매의 원고지를 채우는 것은 그 어떤 일보다도 부담스럽게 다가오고는 했습니다. 그 부담감은 아마도 이 글의 독자들이 저와 일상을 공유하는 교수나 학생들이었기 때문일 것입니다.

명색이 문학평론가이니 최근에 나온 소설을 읽고 쓰는 거야 늘상 하는 일이지만, 마감은 어찌나 자주 돌아오는지 연재를 하는 내내 등에서 식은땀이 날 지경이었습니다. 이제까지 본격적인 평론을 쓰는 데만 익숙했던 저에게, 짧은 분량의 글 안에 의미와 재미를 모두 담아 독자와 소통하는 일은 무척이나 낯선 일이었던 모양입니다.

말할 수 없는 부담감을 느끼기도 했지만, 이 연재를 할 때만큼 나름의 의욕에 들떠 있었던 적도 없었음을 고백합니다. 많은 사람들이 지금 세상에는 소설보다 재미있고 유익한 것들이 얼마든지 있다고 말하고는 합니다. 심지어 소설은 마치 시효가 다한 예술 장르인 양 떠드는 자들도 많습니다. 저는 그런 이들에게 아직도 소설만큼 인생과 세상 그리고 예술을 제대로 보여주고 성찰케 하는 것도 없음을 보여주고 싶었습니다.

이런 생각으로 시작한 연재였기에, 저는 글 쓰는 내내 독자와의 소통을 무엇보다 중요하게 생각했습니다. 이 연재에서 처음으로 시도해본 대화체나 구어체는 독자와의 소통을 위한 고민의 결과물이었음을 밝힙니다. 커피 한 잔을 앞에 두고 문학 얘기를 나누듯이 최대한 자연스럽고 편안하게 독자와 소설 이야기를 나누고 싶었습니다. 그러한 연장선상에서 책의 제목에는 '당신'이라는 조금은 느끼한(?) 단어까지 사용해보았습니다. 그토록 간절한 소통의 욕망이 과연 이루어질지는 아직도 잘 모르겠습니다.

이 글들을 쓰면서 가장 어려웠던 일은 최근에 발표된 수많은 소설들 중에서 대상이 되는 작품을 선정하는 일이었습니다. 선정의 가장 중요한 원칙은 작품의 문학성이었고, 다음으로는 작품의 시의성이었음을 밝힙니다. 또한 독자들이 공감할 만한 작품을 골랐고, 독자들도 따라 읽기 쉽도록 단편 위주로 선정하였습니다. 이러한 선정 기준에서 예외가 된 것은 조세희의 『난장이가 쏘아올린 작은 공』 한 편뿐입니다. 작가의 별세를 계기로 다시 돌아본 이 작품은 그 어떤 작품보다도 전위적인 문학성과 시의성을 가지고 있다고 생각합니다.

연재를 하고 책으로 만드는 과정에서 너무나 좋은 분들을 많이 만났습니다. 『숭대시보』의 학보사 기자들은 늘 친절하게 연재를 도와주었습니다. 고맙습니다. 본격적인 문학평론도 아니고, 에세이도 아니고, 편지글도 아닌 서른여섯 편의 글들을 모아 이토록 멋진 책으로 만들어준 도서출판 〈득수〉에는 이 고마운 마음을 어떻게 전해야 할지 모르겠습니다. 특히 제가 찍은 어설픈 서른 여섯 장의 사진을 이토록 멋진 삽화로 탈바꿈시켜준 것에 대해서는 고마움을 넘어 감동까지 느끼고 있습니다. 고마운 분들에게 어떻게 보답해야 할지는 두고두고 고민해야할 것 같습니다.

부디 이 책을 펼쳐 든 여러분들의 가슴속에도 제가 소설을 통해 배우고 느낀 지혜와 감동이 그대로 전달되기를 바라며, 두서없는 머리말을 마칩니다.

2023년 여름날
東湖를 바라보며

차 례

요즘

소설이

이경재 비평에세이

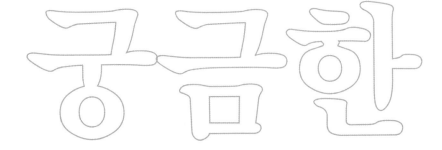

궁금한

당신에게

마찬가지라는 말

구로공단을 아십니까? 구로공단은 산업화 시기 대한민국을 대표하는 공단 지대였습니다. 어린 여공들이 가발을 만들고, 옷감을 만들어 한국의 경제발전을 이끌던 곳이지요. 동시에 야근과 저임금, 그리고 벌집으로 상징되는 노동자의 고단한 삶을 대표하는 공간이기도 했습니다. 그러나 지금 이곳은 이름부터 '구로디지털단지'라는 매끈한 모양새로 바뀌었고, 수많은 고층 건물이 가득한 최첨단 산업의 메카로 변신했습니다. 얼핏 보아서는 산업화 시절의 아픔을 떠올리기가 쉽지 않은 곳인데요.

그렇다고 우리는 굳게 믿고 있지만, 지금 한 작가가 변한 건 아무것도 없다고, 여전히 그곳은 열악한 삶이 계속될 뿐이라고 주장하는 작품을 당당하게 내놓았습니다. 그것이 바로 오늘 이야기하려는 이서수의 「미조의 시대」입니다.

미조는 수영 언니의 추천으로 면접을 보러 구로디지털단지역에서 도보로 10분 거리에 있는 회사에 갑니다. 차장이라는 분은 소위 압박 면접에서 미조에게 다섯 번이나 회사를 그만둔 이유에 대해 집요하게 캐묻는데요. 미조는 잘못한 것도 없으면서 죄인이 된 것처럼 그 질문에 공손히 답을 합니다. 그렇다고 미조가 취업이 되는 것도 아닙니다. 회사에서 미조와 같은 경리직 사원은 너무나 쉽게 구하고 버릴 수 있는 상품에 불과하니까요. 미조가 거의 모든 회사에서 들어온 말은 "너를 자르고 신입을 뽑아도 급여 정산 정도는 충분히 맡길 수 있다. 너는 그걸 알고 있어야 한다"라는 것입니다.

그렇다면 미조를 추천해준 수영 언니는 구로디지털단지에서 어떻게 살아가고 있을까요? 수영 언니는 회사에서 변태적인 성인 웹툰을 그리느라 디스크와 탈모에 시달리고 있습니다. 수영 언니가 일하는 곳은 "회사이자 병원"이라고 할 만큼 노동강도가 세며, 수영 언니와 같은 회사의 '어시assistant'들은, 엎드려 울거나 우울증 약을 먹을 정도로 힘들어합니다. 미조는 수영 언니에게 그 일을 그만두라고 권하지만, 수영 언니는 "어딜 가나 똑같다는 거야. 다 마찬가지야"라는 말을 할 뿐입니다. 미조가 어디 가나 싸구려 물건으로 취급받는 것처럼, 수영 언니도 그 고통스러운 삶에서 벗어날 수 없는 운명이었던 것입니다. "다 마찬가지라는 말"은 어느새 우리 시대 청년들의 "말버릇"이 되어버렸네요.

「미조의 시대」에서 '다 마찬가지라는 말'은 이 시대 노동자들의 개별

적 삶은 물론이고 시대를 뛰어넘어 수십 년 전 구로공단 여공의 삶으로 이어지기도 합니다. 그것은 구로의 역사가 담긴 사진 속의 여공과 수영 언니가 닮아있는 것을 통해서도 암시됩니다. 수영 언니는 성인 웹툰을 그리는 일이 사진 속에서 가발을 만들고 있는 젊은 여성처럼 "시대가 요구하는 걸 만들고 있는 거"라고 말합니다. 그렇다면 수십 년의 시대를 격한 젊은 두 여성이 가발을 만들거나 성인 웹툰을 그리게 하는 '시대의 요구'는 과연 무엇일까요? 그것은 다름 아닌 '돈'입니다. 이러한 사실은 "시대가 가발을 만들어야 돈을 주겠다고 하면 가발을 만드는 거고, 시대가 성인 웹툰을 만들어야 돈을 주겠다고 하면 그걸 만드는 거야"라는 수영 언니의 말에서도 선명하게 드러납니다. 돈에 따라 무엇이든지 해야만 하는 비극은 시대를 뛰어넘어 "마찬가지"였던 것입니다.

이 작품에는 아직 한 명의 청춘이 더 남아있습니다. 미조의 오빠인 충조가 그 주인공인데요, 그는 10년째 공시생으로 살고 있으며 7년 전 아버지가 돌아가시자 가족과 연락을 끊었습니다. 그런 충조가 지금 오랜만에 돈을 빌리려고 미조에게 연락을 했네요. 충조는 전국에 있는 맛집을 찾아다니며 사진을 찍어 블로그에 올리는 것으로 세월을 보내는 청년입니다. 이런 충조는 최근에 새로운 취미를 갖게 되었는데요, 그것은 맛집을 찾으러 간 지역에서 가장 큰 공단을 찾아가 구경하는 것입니다. 충조에게 그 웅장한 공단은 노동자들의 삶과는 무관한 멋진 스펙터클 spectacle 일 뿐입니다. 이러한 충조의 모습은 그 무책임한 부정성까지 포함하여 우리 시대 청년이 보여주는 슬픈 초상 중의 하나임에는 분명합니다.

그러고 보면 '미조의 시대'라는 제목부터 그리 낯설지 않네요. 여성의 이름에 시대를 붙인 소설명으로는 조선작의 「영자의 전성시대」(1973)가 유명했지요. 식모, 버스 차장, 창녀로 전전하다 결국 불에 타 죽는 영자는 그 시대가 만들어낸 극한의 희생자였습니다. 햇빛은 구경할 수도 없는 반지하방에서 셀 수도 없는 이력서를 쓰고, 가학적 성욕으로 범벅이 된 성인 웹툰을 그리느라 탈모가 된 미조나 수영 언니는 우리 시대의 또 다른 '영자'는 아닐까요? 오늘 충조까지를 포함한 미조와 수영 언니를 지난 시대의 연속선상에서 사유하게 만드는 그 괴물은 무엇일까요? 분명 글은 끝났는데, 진짜 글은 지금부터 써야만 할 것 같은 이 불안은 또 무엇일까요?

(2021.8.17.)

우리는 고향을 떠날 수 없습니다

고향은 스스로 떠나는 것일까요? 아니면 할 수 없이 떠나는 것일까요?

고향을 떠날 수만 있다면 어디라도 좋다는 마음에 저 멀리 캐나다의 밴쿠버까지 간 사람이 있습니다. 오늘 이야기하려는 「통영」(2021)의 현택이 바로 그 주인공인데요. 현택은 지금 수십 년 만에 자신의 고향인 통영으로 돌아오고 있습니다.

한국문학에 조금 관심이 있는 분이라면, 이런 귀향형 소설이 그렇게 낯설지는 않을 겁니다. 지난 세기 우리는 식민지, 분단, 전쟁, 산업화 등으로 이어지는 급격한 변화를 헤쳐 왔으니까요. 이 격랑 속에서 온전히 고향을 지키며 산다는 것은 매우 어려운 일이었습니다.

이러한 귀향형 소설이 유행했던 때는 1930년대와 1970년대입니다. 1930년대 후반 귀향형 소설의 주인공들은 시대적 사명을 짊어지고 맹렬하게 활동하다가 일제의 철퇴를 맞아 할 수 없이 귀향한 주의자(主義者)들이었습니다. 대표적인 작품으로는 한국 카프(KAPF, 조선무산자예술가동맹)문학을 대표하는 한설야의 「귀향」(1939)을 들 수 있지요. 1970년대에 귀향하는 자들은 고향의 부모들이 쌓은 우골탑으로 대학까지 마친 출세한 촌놈들이었습니다. 출세하는 고단함에 혹은 출세한 자랑스러움에 고향을 잊고 지내던 속물들이 이런저런 이유로 귀향하는 소설들이 참 많이도 창작되었지요. 대표적인 사례로는 이청준의 「눈길」(1977)을 들 수 있는데요. 이 작품에서 아들이 노모와 함께 걷던 그 새하얀 눈길은 죄의식과 부끄러움으로 가득해 눈조차 뜰 수 없을 지경이었습니다. 21세기 한국문학사에 등장한 귀향형 소설 「통영」의 주인공은 이제 경성이나 서울이 아니라 밴쿠버에서 고향으로 돌아오고 있습니다. 이제 우리 문학의 스케일은 저 먼 북미 대륙까지 포괄할 정도로 넓어지고 있는 겁니다.

바다 빛깔이 곱기로 소문난 통영에서 나고 자란 현택은 도대체 뭐 때문에 그토록 아름다운 고향을 떠나 만리타국까지 간 것일까요? 현택의 아버지는 가정이 있음에도 아들을 낳겠다는 욕심에 불륜을 저질러 현택을 낳았습니다. 그러나 현택이 태어난 두 달 후에 아버지의 본처도 아들 현철을 낳는 바람에, 이후 현택은 어머니의 성(姓)을 쓰면서 아버지가 누군지도 모르며 성장합니다. "좁아터져서 일부러 알리지 않아도 반나절이면" 웬만한 소식이 다 퍼지는 통영에서 현택의 일을 모르는 사람은 어

린 현택 이외에는 아무도 없었지요. 결국 아버지의 죽음을 계기로 현택
조차 출생의 비밀을 알게 되고, 이후 현택은 굴욕으로 점철된 고향을 필
사적으로 벗어나고자 밴쿠버까지 간 것입니다.

그런 이유로 밴쿠버까지 갔던 현택이, 밴쿠버에 멋진 가정과 안정된
직장까지 마련한 현택이, 지금 중년의 나이가 되어 고향인 통영으로 돌
아오고 있습니다. 어머니가 돌아가셨기 때문입니다. 현택에게 필생의
과업이 그 좁은 통영 바닥을 떠나는 것이었다면, 현택의 어머니에게 필
생의 과업은 통영에 뿌리내리는 것이었습니다. 정확히 말하자면 현택의
어머니는 아들에게 뿌리를 만들어주고자 했다고 해야 할 것입니다. "거
기서 키워야 너거 아버지가 니를 잊지 않을 끼라고" 생각하며, 한사코
고향에 눌러있었던 것이니까요. 그러나 현택은 결국 저 북미 대륙까지
떠나갔고, 지금 어머니가 죽어서야 고향에 돌아오고 있는 겁니다.

그런데도 현택은 "할 수만 있다면 누구에게도 들키지 않고 몰래 다녀
오고"자 합니다. 몸은 고향에 돌아왔지만 마음은 여전히 고향에 돌아오
지 않은 것입니다. 이것은 캐나다에서 절단된 두 개의 손가락을 애써 감
추는 모습에서도 확인되네요. 현택은 고향을 떠난 후 겪은 자신의 상처
가 응축된 그 손가락을, 고향 사람 누구에게도 결코 보이고 싶지 않은
겁니다. 그러고 보면, 고향은 굴욕만 준 것이 아니라 가난의 처절한 고
통도 안겨준 곳입니다. 굴 공장에 다니던 어머니가 허기에 지쳐 퉁퉁 분
국수를 먹고, 술에 취해 쓰러져 잠들던 고향 집은 "숨을 곳이 없는 동
굴" 같은 곳이었으니까요.

그러나 극적인 반전이 일어나는 데는 고작 하룻밤이면 충분하네요. 어

머니의 상가에는 현택의 친구들이 모여들고, 그들과 나누는 사소한 술잔과 대화 속에서 현택의 마음은 어느새 녹아내리기 시작합니다. 그 문상객 중에는 어린 시절 박현택에게 출생의 비밀을 "딱 씨부리고 댕기모 나한테 죽는다"라고 협박하던 이복동생 백현철도 끼어있네요. 더군다나 현택이 없는 동안, 현철이가 친엄마 모시듯이 어머니를 살뜰하게 챙겼다는 사실까지 밝혀집니다.

결국 작품은 현택이 그토록 꽁꽁 감추고만 싶었던 자신의 주먹을 펼칠지도 모른다는 가능성을 암시하며 끝이 납니다. 그렇다면, 이 글의 처음에 던졌던 질문—고향은 스스로 떠나는 것일까요? 아니면 할 수 없이 떠나는 것일까요?—은 참으로 우둔한 것인지도 모르겠습니다. 하룻밤 만에 그토록 꽁꽁 감춰두었던 손까지 펴게 만드는 어마어마한 힘을 지닌 것이 고향이라면, 우리는 밴쿠버가 아니라 달나라에 가서도 결코 고향을 떠날 수 없을 테니까요. 1998년 캐나다로 이민을 떠나 펜을 놓지 않고 분투한 결과, 등단 16년 만에 첫 번째 작품집을 출판한 작가 반수연의 명작 「통영」에 따른다면 말입니다.

(2021.8.30.)

오스트레일리아의 사막에 오신 것을 환영합니다!

골드러시Gold Rush는 1848년 미국의 새크라멘토에서 금이 발견되자 미국은 물론이고 전 세계에서 수많은 사람들이 몰려든 현상을 말합니다. 금을 찾아온 이들 중에는 간혹 금을 찾아 부자가 된 사람도 있었으나, 대부분은 빈털터리로 남았습니다. 오히려 금을 찾아 부자가 된 사람보다는 이들에게 청바지를 팔아 부자가 된 사람이 많았다는 설도 있습니다.

서수진의 「골드러시」(2021)는 "빛나는 순간gold"을 찾아 캘리포니아가 아닌 적도 아래의 호주까지 간 진우와 서인의 이야기입니다. 호주는 한국인들이 이민 가고 싶어 하는 곳으로 손에 꼽히는 나라 중의 하나지요. 태양이 작열하는 해변에서 크리스마스 캐럴을 들으며, 성탄을 축하하는 것은 저의 오랜 바람이기도 합니다.

그동안 한국문학에서 호주는 이주민들의 고단함이 펼쳐지는 현실의 스크린(대표작으로 해이수의 「캥거루가 있는 사막」, 「젤리피쉬」)이거나, 한국 사회의 절망감이 극복되는 환상의 스크린(대표작으로 장강명의 『한국이 싫어서』)으로 등장하고는 했습니다. 서수진의 「골드러시」는 이러한 경향과는 조금 거리가 있는 작품입니다. 「골드러시」에서 호주는 적나라한 삶의 실재the real가 펼쳐지는 그야말로 '실존의 사막'으로 기능하기 때문입니다.

진우와 서인은 언젠가 찾아올 '빛나는 순간'을 위해 최선을 다해 살아갑니다. 그 노력이 헛되지 않아, 그들의 주거지는 셰어하우스에서 아파트로, 그리고 다시 아파트에서 널찍한 단독주택으로 변해갑니다. 이 과정은 워킹홀리데이 비자가 457 비자로, 그것이 다시 영주권으로 변하는 과정에 대응하는 것이기도 한데요. 그렇다면, 이들은 마침내 금을 찾았을까요?

안타깝게도 성공적인 외양과는 달리, 결혼 7주년을 맞이한 이들의 관계는 폐광처럼 황량하기 그지없습니다. 상대방의 잠든 얼굴을 보며 "정말 운이 좋다, 더 열심히 살아야지"라고 다짐하던 이들은, 이제 상대방의 작은 실수에도 버럭 화부터 내는 사이가 되었네요. 처음 못 견디게 사랑했던, 그래서 "수없이 입을 맞췄던" 상대방의 작고 낮은 코와 얇은 입조차, 지금은 "유약하고 의존적인 성격"을 드러내는 증표로만 보일 뿐입니다.

영주권을 얻고 단독주택을 얻는 7년이라는 시간 동안, 이들에게 도대체 무슨 일이 있었던 걸까요? 그토록 살뜰하게 가꾸던 단독주택의 뒤뜰이 보기 흉한 잡초로 뒤덮여버린 것처럼, 서로를 향한 마음으로 환하게 빛나던 이들을 무관심과 원망의 잡초 속에 가둬버린 힘은 과연 무엇일까요? 얼핏 보기에는 '장시간 노동', '늘 바쁜 생활', '견딜 수 없는 외로움', 그 끝에 놓여있던 '불륜' 등이 그 원인인 것처럼 보입니다.

그러나 작가 서수진은 이들을 변화시킨 힘은 무엇보다도 '시간'이라는 가공할 파괴력임을 은은하게 강조하고 있습니다. 우리는 모두 시간 앞에서 무기력한 아기에 불과하며, 이 지상의 누구도 시간과 맞서 이길 수는 없는 법이니까요. 7년은 백색소음처럼 심리적 안정을 주던 상대의 숨소리마저 견딜 수 없는 굉음으로 만들어버리기에 충분한 시간이었던 것입니다. 진우와 서인이 결혼 7주년을 맞이하여 방문한 폐광은 수백 년 전부터 존재했지만, 금이 나온 기간은 겨우 18년에 불과했습니다. 'Gold'(빛나는 순간)는 설령 존재했더라도, 너무나 짧은 순간 반짝였을 뿐이네요.

'빛나는 순간'과는 너무나도 멀어진 진우와 서인은 이 관계를 혹은 삶을 지속해야만 할까요? 작가는 이 대목에서 참으로 냉혹합니다. 「골드러시」의 처음과 마지막에는 호주의 사막 위에서 피 흘리며 쓰러진 캥거루가 등장했었습니다. 피 흘리며 쓰러진 캥거루는 관계의 막장에 이른 진우와 서인에 대한 상징일 텐데요. 처음에 진우는 피 흘리는 캥거루를 모른 체하고 자신의 길을 갔습니다. 그러나 마지막에는 피 흘리는 캥거루에게 다가가 둔기로 수차례 내려칩니다. 그냥 지나치는 처음의 모습이 자신과 서인의 관계를 방치해두려는 관성의 표현이었다면, 둔기로 캥거루를 내리치는 마지막 모습은 자신과 서인의 관계를 끝장내려는 욕망의 표현이겠지요. 그러나 백미러로 바라본 사막 위의 캥거루는 둔기로 가격을 당한 후에도 여전히 숨을 쉬고 있습니다. 노을 진 오스트레일리아의 사막을 달리는 마지막 순간까지, 그들이 함께하는 것처럼 말입니다.

진우와 서인도 '빛나는 순간'은 "그들에게 절대 오지 않으리라는 것"을 알고 있습니다. 그럼에도 그들의 관계는 앞으로도 지속될 것입니다. 이토록 끔찍한 관계의 심연을 담담하게 그려내는 서수진은 참으로 무서운 작가라는 생각이 듭니다. 정확히 말하자면, 참으로 지독한 것은 작가가 아니라 우리의 삶이겠지요. 마지막으로 오늘도 그 지독한 길 위를 걷고 있는 당신에게 뜨거운 응원의 마음을 보냅니다.

(2021.9.6.)

"너의 정체는 뭐냐?"라고 묻는 당신에게

삶이 갑자기 두려워지는 순간이 있습니다. 너무나 익숙하게 여겼던 누군가가 갑자기 낯설어질 때도, 그러한 순간 중의 하나일 텐데요. 장류진의 「도쿄의 마야」(2020)는 내가 속속들이 알고 있다고 생각한 지인知人이, 사실은 나와 무관한 미지未知의 타인일 수도 있다는 것을 깨닫는 두려운 순간을 보여주는 작품입니다.

서준경은 결혼 후 처음 맞는 아내의 생일을 축하하러 도쿄 여행을 갑니다. 준경은 도쿄에 간 김에 대학 생활을 함께한 재일교포 안경구를 만나는데요. 아내의 생일을 축하하려던 여행은, 곧 대학 시절 가장 친하게 어울렸던 경구 형의 정체성을 확인하는 심문의 과정으로 바뀌어버립니다. 이번 일본 여행은 "거의 한국 사람"이라고 생각한 경구 형을 "거의 일본 사람"으로 새롭게 발견하는 과정이 되어버리고 마니까요.

　경구 형과는 1학년 첫 학기 시간표를 똑같이 짠 이후부터, 대학 생활 내내 브로맨스를 과시하며 어울렸습니다. 준경은 '경구 형 전문 통역'이라고 불릴 정도로 경구 형의 말을 가장 잘 이해했으며, 그 시절 준경은 언제나 경구 형을 '거의 한국 사람'이라고 여겼으니까요. 물론 그때도 경구 형이 '도쿄'가 아니라 '토호-쿄호-'라고 발음할 때면 뭔가 다른 사람인 듯한 느낌을 받았고, 경구 형으로부터 군대에 가지 않아도 된다는 말을 들었을 때는 충격을 받기도 했습니다. 그러나 학교 앞 갈빗집에서 경구 형의 엄마와 이모가 걸쭉한 사투리까지 구사하는 것을 보며, 경구 형이 '거의 한국 사람'이라는 준경의 믿음은 변하지 않았습니다. 그러나 한나절의 일본 여행을 통해 10여 년이 넘게 지속된 준경의 믿음에는 금이 가기 시작합니다. 스시를 손으로 먹고, 일본어를 유창하게 구사하는 경구 형의 모습은 준경에게 너무나 낯선 것이니까요.

　준경은 경구 형이 '거의 한국 사람'이라는 묵은 신념을 지키기 위해, 나름 필사적으로 노력합니다. 그것은 '거의 한국 사람'으로서의 경구 형을 증명할 수 있는 모든 것, 일테면 "내가 하는 말은 다 알아듣는 형", "'씨발'을 문장의 앞, 뒤, 중간 어디에도 넣어서 욕하는 형", "한국의 대학을 6년이나, 그러니까 나보다 오래 다닌 형", "전공 수업 종강 뒤풀이 때 교수 옆자리에 앉아 잔이 빌세라 술을 채워넣어 D를 면하고 C를 받아낸 형", "이름이 안경구인, 아버지도 어머니도 이모도 완전히 한국 사람인 경구 형" 등을 필사적으로 기억해내는 것입니다.

　나아가 준경은 경구 형이 '거의 한국 사람'이라는 것을 확인하기 위해 "형, 형은 한국에 대해 더 알고 싶어서 한국으로 대학을 왔을 거잖아. 그치?"라고 간절하게 묻기까지 합니다. 그러나 경구 형은 두 번이나 "아닌데?"라는 대답을 태연하게 들려줄 뿐이네요. 더군다나 이자카야 사장인 경구 형 사촌 누나의 명찰에는 '光山'이라는 한자와 준경은 읽지도 못하는 한자가 두 개나 더 적혀있습니다. 놀란 준경은 그녀의 일본 이름에 대해 의문을 드러내지만, 경구 형은 "일본 성, 일본 이름, 다 따로 있지"라는 말을 역시나 태연하게 건넬 뿐입니다. 대체로 재일 동포들은 원래 이름인 본명本名과 동화된 이름인 통명通名을 가지고 있지요.

경구 형의 오른편이 '거의 한국 사람'이었다면, 경구 형의 왼편은 '거의 일본 사람'이었던 것입니다. 그럼에도 준경은 그동안 자기 맘대로 경구 형의 한편만을 형의 전부라고 이해(오해)해왔던 것입니다. 타인은 신의 얼굴을 하고 있기에, 함부로 자기 뜻대로 재단해서는 안 된다는 윤리적 메시지를 준경은 너무 오랫동안 잊고 있었던 거네요.

「도쿄의 마야」는 여기서 한 걸음 더 나아갑니다. 그것은 괴기스럽게까지 느껴지는 마지막 장면에서 확인할 수 있는데요. 준경은 경구 형의 아기인 마야를 품에 안고서는, 마야의 귓가에 대고 "아가야, 이름이 뭐라고?"라며 속삭입니다. 아기인 마야에게도 일본 성과 일본 이름이 따로 있다는 경구 형의 말을 듣고서는, 이제 막 젖을 뗀 마야마저도 '거의 한국 사람'인지 아니면 '거의 일본 사람'인지를 확인하려는 것이겠지요. 여기까지 읽는다면, 익숙한 지인이 미지의 타인에 불과하다는 것을 깨닫는 순간도 섬뜩하지만, 미지의 타인에 불과한 상대를 끝끝내 익숙한 지인이라고 고집하는 순간이야말로 진정 섬뜩한 일이라는 생각이 듭니다. (민족적) 정체성에 대한 이 과도한 집착이야말로 「도쿄의 마야」가 진정으로 문제 삼고자 했던 것은 아닐까요?

마야는 경구 형 아기의 한국 이름이기도 하지만, 인도 철학의 전통에서 탄생한 단어이기도 합니다. 마야Māyā는 기만이나 환상이라는 뜻으로서, 궁극적으로는 사물에 고정적인 실체가 없다는 것을 의미하지요. '거의 한국 사람' 혹은 '거의 일본 사람' 중의 어느 쪽에 속하는지를 묻는 것은, 재일 교포인 경구 형에게는 애당초 답변조차 불가능한 폭력은 아니었을까요? 장류진의 「도쿄의 마야」는 마야Māyā에서 벗어나기 힘든 인간이, 단 하나의 정체성에 집착한다는 것이 지니는 괴기스러움을 탐문하는, 어쩌면 무척이나 정치적인 이 시대의 소설입니다.

(2021.9.13.)

인간과 안드로이드

오정연의 「마지막 로그」(2021)는 2078년이 배경인 소위 SF science fiction입니다. SF란 일상적인 시공간을 벗어나 여러 비현실적인 일을 과학적으로 가상하여 그린 소설을 말하지요. 인간의 과학기술이 급격하게 발달하여 감히 신에게까지 도전하게 된 근대의 산물입니다. SF는 타임머신, 외계인, 우주여행, 인조인간 등의 주제를 다루며, 대표적인 고전으로는 쥘 베른의 『해저 2만 리』나 H.G.웰스의 『타임머신』, 『우주전쟁』 등을 들 수 있겠네요. 서구에서는 상당히 인기를 끄는 장르임에도 한국 문학에서는 오랫동안 주변적인 장르로서 경시된 측면이 있습니다.

그것은 오랫동안 SF를 '공상과학소설'로 번역하여 사용한 것에서도 알 수 있습니다. 원어의 어디에도 '공상'에 해당하는 말이 없음에도 불구하고, 그동안은 굳이 부정적인 뉘앙스가 강한 '공상'이라는 말을 앞에 덧붙였던 겁니다. 이것은 현실에 밀착된 전통적인 '노블novel형 소설'을 중시하는 한국문학계의 통념이 반영된 결과라고 할 수 있겠지요. 그러나 이제는 SF 앞에 '공상'이라는 말을 따로 붙이는 경우는 거의 없습니다. 이것은 SF가 보여주는 상상력이 허무맹랑한 '공상'으로 치부할 수 없는 폭과 깊이를 확보했기 때문일 겁니다. 오정연의 「마지막 로그」는 SF에 나오는 비현실적인 일들이 '현실 이상의 현실'일 수 있음을 보여주는 작품입니다.

「마지막 로그」는 인간과 안드로이드(Android, 인간과 똑같은 모습을 하고 인간과 닮은 행동을 하는 로봇)의 대비를 통해, 인간의 본질에 대한 철학적인 질문을 던지는 소설입니다. 작가는 인간과 안드로이드를 구별하는 본질적 기준으로 "사전에 주입된 프로그램 혹은 누군가 정해놓은 바에 구애받지 않으려는 일련의 시도"를 의미하는 "자유의지"를 들고 있습니다. 그런데 과학기술이 지금처럼 파시스트적 가속도로 발전해 나갈 때, 과연 '자유의지'는 로봇이 아닌 인간만의 전유물일 수 있는지를 묻는 것이 이 작품의 포인트입니다.

안락사를 전문으로 하는 시설 실버라이닝에 이제 겨우 마흔이 되었을 뿐인 인간 A17-13이 나타납니다. 중학교 때부터 희귀병을 앓아온 그녀는 이제 당뇨망막병증으로 시력을 잃을 지경에 이르렀고, "내가 오로지 나인 상태"로 인생을 마무리하기 위해 안락사를 선택한 겁니다. 베테랑 안드로이드인 38b1489X는 A17-13이 안락사할 때까지의 일주일 동안 그녀를 도와줍니다. 여기까지만 읽는다면, 「마지막 로그」의 인간은

'자유의지'에 따라 죽음까지 불사하는 진정한 인간이고, 로봇은 그 영웅적인 인간을 도와주는 충실한 도구에 불과한 것으로 보입니다.

　그러나 서사가 전개될수록 인간과 안드로이드의 경계는 심하게 흔들리네요. 인간 A17-13은 자기를 지키겠다는 처음의 생각에만 맹목적으로 매달릴 뿐입니다. 그렇기에 살고 싶다는 생각이 드는 순간도 있지만, 이를 곧 뿌리치고 맙니다. 마치 프로그램대로만 움직이는 기계처럼 말이죠. 애당초 '내가 오로지 나인 상태', 즉 불변의 정체성이라는 것이 가능할 것인지에 대한 의문 따위는 그녀에게 존재하지 않았던 겁니다. 그렇기에 "내가 아닌 것으로 변해갈 것"에 대한 두려움으로, 인간 A17-13은 '나'라는 존재 자체의 파괴라는 역설적인 선택까지 한 것이 겠지요.　오히려 변화하는 존재의 리듬과 감각에 충실한 것은 안드로이드인 38b1489X입니다. 38b1489X는 본부로부터 "매뉴얼을 따르지 않는 자체적 판단의 실행이 감지됨"이나 "클라이언트와의 상호작용보다 직면 과제에 집중할 것"과 같은 에러 메시지를 받을 정도로, 자유自由로운 모습을 보여줍니다. 그러고 보니 인간 A17-13이 시종일관 A17-13으로만 불리는 것과 달리, 안드로이드 38b1489X에게는 '조이'라는 이름까지 있었네요.

　2078년이라는 시점에 '자유의지'를 기준으로 인간과 로봇을 구분한다는 것은 무의미해진 것입니다. 그런데 「마지막 로그」는 여기서 한 단계 더 나아갑니다. A17-13이 끝내 안락사를 선택한 것은 38b1489X가 A17-13을 죽음으로 이끌고자 했던 '자유의지'에 따른 것이었음이 밝혀지는 것이지요. 인간은 어느새 로봇의 '자유의지'에 종속된 처지로 전락하고 만 겁니다. 동시에 이 작품에서는 신의 자리까지 넘보려는 인간의 만용을 질타하는 목소리가 은은하지만 강렬하게 울려퍼지고 있습니다. 38b1489X가 반골 기질이 농후했던 담당 개발자가 심은 일종의 버그 때문에 '자유의지'를 갖게 되었다면, 인간의 '자유의지' 역시도 "돌연변이의 결과물"에 불과할 수도 있다는 것이 작가의 입장이니까요.

처음에 말한 것처럼, 이제 SF는 '공상과학소설'에서 '공상'을 뺀 '과학소설'로 변모하고 있습니다. 오정연의 「마지막 로그」가 보여주는 존재에 대한 진지한 통찰은 이제 SF가 장르로서의 '과학소설'을 넘어 우리 시대의 '진짜 소설'로 변모해가고 있음을 증명하기에 모자람이 없습니다. SF가 한국문학에 가져올 희망의 빛을 두 손 모아 기대해봅니다.

(2021.10.6.)

폭설보다 맹렬한 '엄마의 사랑'

이번에는 다름 아닌 '사랑'에 대해 이야기를 해보려고 합니다. 사랑이란 언제 들어도 얼굴이 빨개지는 단어지만, 그렇다고 결코 외면할 수도 없는 단어이기도 합니다. 인간 심리에 가장 깊이 다가갔다고 정평이 나 있는 S. 프로이트는 인생이란 결국 "사랑하고 일하며, 일하고 사랑하는 것"이라고 말하기도 했습니다. 사랑 없는 인생을 생각할 수 없다면, 사랑 없는 소설도 생각할 수 없을 것입니다. 정답을 도출하는 과정의 방정식이 다를 뿐이지, 소설을 통해 얻고자 하는 해답은 사랑이 아닐까요.

최초의 현대 장편소설로 일컬어지는 이광수의 『무정』(1917)도 결국에는 형식, 선형, 영채라는 청춘들의 풋풋하고 때로는 노회한 사랑 이야기였습니다. 오늘 함께 읽어보려는 백수린의 「폭설」(2020)이 다루는 사랑은 조금 특이한데요. 그것은 바로 모성의 이름 아래 꽁꽁 묶여있던 '엄마의 사랑'이기 때문입니다.

여기 한 엄마와 딸이 있습니다. 이 엄마는 남편이 알코올중독자거나 도박중독자, 혹은 빚보증을 잘못 서 재산을 다 날려버려서가 아니라 순전히 사랑하는 사람이 생겼다는 이유로, 남편과 딸을 떠나 연인인 케빈과 함께 미국의 시카고까지 날아갑니다. 엄마는 떠나기 전, "아빠 아닌 다른 사람을 사랑하게 되었단다"라는 말만을 딸에게 "분명히" 남긴 채 미국으로 떠난 겁니다. 이혼이 드물었던 당시, 엄마의 재혼 때문에 열한 살의 딸이 겪은 고통은 참으로 참담했습니다. 온갖 수군거리는 소리를 묵묵히 견뎌야 했고, 사춘기에 접어들어서는 자신의 변화하는 몸과 그것에 대처하는 방법에 대해 물을 사람도 없었습니다. 딸에게 엄마는 커다란 수수께끼의 구멍인 동시에 상처의 기원이었던 것입니다.

한동안 딸은 여름방학이면 엄마를 만나러 시카고까지 가기도 했습니다. 미국에서 엄마와 함께 보내는 시간은 분명 "행복감"으로 가득 차 있었지만, 딸이 엄마를 찾는 진짜 이유는 따로 "분명히" 있었습니다. 그것은 바로 엄마의 후회하고 괴로워하는 모습을 보는 겁니다. "엄마가 사라지고 난 이후 그녀에게 생긴 커다란 구멍처럼 엄마에게도 메워지지 않는 구멍이 생겼음"을, "엄마가 한순간 잘못된 선택을 했지만 실은 그녀를 떠난 것을 후회하고 있"음을 확인하고 싶었던 겁니다. 소위 말하는 '모성'을 버린 '여성'이 마땅히 가져야 하는 죄책감을 엄마에게서 발견하고 싶었던 것이지요. 그러나 엄마는 시카고에서도 여전히 밝고 행복하게 지낼 뿐입니다.

결국 딸은 엄마를 찾는 미국행도 그만두고 힘겨운 삶을 살아갑니다. 그 삶이 그녀를 정신병의 수준에까지 내몰았을 때, 서른 살의 딸은 엄마를 만나기 위해 다시 미국으로 향합니다. 모녀는 시카고에서 옐로스톤까지 자동차 여행을 떠났다가 폭설에 갇혀버리고, 그 폭설 속에서 딸은 그동안 자기 안에 쌓여있던 그 많은 억울함을 한꺼번에 쏟아냅니다. 그 기세는 옐로스톤을 가득 채운 폭설보다도 맹렬하지만, 이 기세 앞에서도 엄마는 끝내 어떤 반성의 포즈조차 취하지 않습니다.

그러나 시간의 힘은 참으로 위대합니다. 그녀가 엄마를 이해하는 순간이 마침내 도래하고 마니까요. 그녀 역시 엄마와 같은 나이가 되어 누군가의 엄마가 되었을 때, 그녀는 '엄마의 사랑'을 이해하게 됩니다. 엄마와 케빈이 함께 있는 것을 처음 봤던 날, "사랑에 빠져버린 엄마의 얼굴이 실은 얼마나 아름다웠는지"를 떠올리게 된 것입니다. 어쩌면 그녀의 삶은 '사랑에 빠져버린 엄마의 얼굴'을 꽁꽁 묶어두기 위한 투쟁이었는지도 모릅니다. 오랜 시간이 지난 후에야, 딸은 '사랑이 결코 능동태가 아니라 수동태'이며, 젊은 날의 엄마는 옐로스톤을 가득 채운 폭설보다도 더욱 맹렬한 '사랑의 폭설'에 갇혀버렸던 것임을 깨달은 것이겠지요. '모성'만이 엄마(여성)의 전부는 아니었던 겁니다. 그리고 보면, 언제나 "그녀의 엄마는 특별"한 존재였습니다. 그 특별함의 이유는 단지 "또래 엄마들보다 젊고 날씬했"던 미인이어서, 대학원에서 독문학을 공부하고 싶어 했기 때문이 아닙니다. 그녀의 엄마는 딸이 아주 어렸을 시절부터 "원작과 달리 왕자의 도움을 받지 않고도 행복하게 잘 살았"던 공주들로 가득한 『백설공주』나 『잠자는 숲 속의 미녀』를 읽어주던 '여성'이었던 것입니다.

　혹시 이 글을 읽는 당신이 있는 곳에도 폭설이 내리고 있나요? 사랑이란 말만 들어도 얼굴부터 빨개지는 제가 감히 드릴 말씀은 없습니다. 다만 폭설에서 빠져나왔을 때, 엄마가 딸에게 했던 마지막 말처럼, "짐승을 한 마리도 치지 않고 빠져나올 수" 있기만을 바랄 뿐입니다.

(2021.10.11.)

태어나지 않은 사람을 향한 윤리적 의무

　조시현의 「어스」(2021)는 환경오염이 극에 달해 인간이 '맹독성 쓰레기'로 취급받는 21세기 후반의 디스토피아(dystopia, 현대사회의 부정적인 측면이 극단화한 암울한 미래상)를 형상화한 소설입니다. 이 작품에서 그려진 디스토피아는 일종의 '낯설게 하기' 기법을 통해, 환경 파괴가 심화될 경우 인류가 맞닥뜨릴 세상을 선명하게 보여줍니다. '낯설게 하기'란 러시아 형식주의를 대표하는 시클롭스키가 문학의 핵심적인 속성으로 주장한 문학예술 기법이지요. 너무나 익숙하기에 당연하게 받아들이는 사물이나 관념을 낯설게 표현해 독자가 새로운 인식이나 느낌을 갖도록 하는 것을 말합니다.

　「어스」에서는 '미래의 지구'라는 기본적인 배경이 우리 주위의 모든 것을 새롭게 바라보도록 이끌어줍니다. 이 작품을 통해 부서지는 우리의 "당연한 기대. 당연한 믿음"에는, 인간이 목숨을 다한 후에는 지구의 품에 안긴다는 상식도 포함됩니다. 21세기 후반 지구에서는 인간의 죽은 몸이 더 이상 땅에 묻히지 않고, 플라스틱 관에 담겨 쓰레기 매립장에 버려지는 끔찍한 일이 벌어지네요. 이런 일이 벌어지는 이유는 화학물질에 절은 인간의 몸이 죽어서도 썩지 않으며, 그 시체에서는 엄청난 양의 화학물질이 발산되어 주위의 토양을 방사선 피폭 수준으로 오염시키기 때문입니다. 인간들은 아주 많은 기회를 그냥 흘려보낸 결과, 지구라는 별의 어디에도 받아들여지지 못하고 표면을 떠도는 존재가 되어버린 겁니다. 인간은 살아있을 때도 악성 화학물질을 발산하는 바람에 맨몸으로 산이나 바다에 가는 것이 금지된 상태였습니다. 어느새 이 지구의 주인으로 자처하던 인간은 지구의 '악성 쓰레기'가 되어버린 것입니다.

안나는 연인이었던 여리에게 유언으로 "나를 묻어줘"라는 말을 남깁니다. 유언치고는 참으로 소박한 것인데요. 이러한 소박함은 지금 우리의 감각에 따른 것일 뿐, 환경 재난이 "티핑 포인트를 넘어선" 21세기 후반의 시점에 이 유언은 "터무니없는 생각"에서 비롯된 "비상식적이고 이기적인 말"에 해당합니다. 죽은 자를 땅에 묻는 일은 불법행위이며, 발각될 경우에는 평생 일해도 갚을 수 없는 벌금을 내야 하기 때문이지요. 현재와 미래의 이 과도한 낙차야말로 「어스」를 흥미진진하게 만드는 힘이기도 합니다.

여리는 결국 자신을 묻어달라는 안나의 유언을 들어주기로 결심합니다. 여리는 사랑하는 안나가 쓰레기로 떠도는 것을 막기 위해서 밤을 새워 몰래 안나를 땅에 묻습니다. 그것은 분명 숭고한 일이기도 하지만, 동시에 지구를 오염시키는 일이기도 합니다. 연인을 쓰레기로 방치하지 않는 일이, 곧 다른 생명을 향한 범죄가 될 수밖에 없는 세상은 분명 지옥과도 같은 곳임이 분명합니다.

오늘날의 문명은 자연환경의 리사이클recycle이 가능했던 차원을 넘어서고 있습니다. 그 결과 지구 곳곳에서는 온갖 기상이변이 일어나고 있으며, 많은 사람들은 머지않은 미래에 대재앙이 일어날 것으로 예상합니다. 지금 인류에게 엄청난 고통을 주고 있는 COVID-19 역시 살 곳을 잃은 야생동물이 인간과 접촉하면서 탄생한 감염병이라고 말하는 전문가들도 많습니다. 인간만을 절대시하고 자연을 한갓 수단으로 여긴 결과, 자연의 보복이라고도 할 수 있는 바이러스의 대유행이 찾아왔다는 것입니다. 지금처럼 인류가 심각한 환경파괴 행위를 지속한다면, 「어스」에 등장하는 여리나 안나의 이야기는 허무맹랑한 공상이 아니라 문학적 상상력이 먼저 가닿은 미래의 현실이 될 수 있습니다.

조시현의 「어스」에서 보여주는 세상은 오늘날의 인류가 지금의 안락만을 생각한 결과, 미래 세대가 받게 될 끔찍한 계산서에 해당합니다. 이런 비극을 막기 위해서는 '우리us'의 범위 안에 동시대를 사는 사람들뿐만 아니라 얼굴조차 모르는 미래의 사람들까지 포함해야 하지 않을까요. 제아무리 잘난 사람이라도 지구를 영원히 차지할 수는 없으며, 이 지구는 아직 태어나지 않은 누군가도 살아가야 할 터전이니까요. 이런 인식이 있을 때, 비로소 근시안적인 자연 파괴를 멈출 수 있을 겁니다.

철학자 칸트는 "타자를 수단으로서만이 아니라 동시에 목적으로 대하라"라는 보편적 도덕법칙을 제시한 바 있습니다. 이제 우리가 수단으로서만이 아니라 목적으로 대해야 할 타자에는, 얼굴도 알 수 없는 미래의 후손도 포함해야만 하는 시대가 도래한 것은 아닐까요? 이것은 무척 성가신 일일 수도 있지만, 이러한 윤리적 자세를 잃지 않을 때만이 인간이 '맹독성 쓰레기'가 되어 지구earth를 떠도는 비극만은 피할 수 있을 것입니다.

(2021.11.8.)

속 편하게 사는 사람들

세상을 편하게 사는 사람들이 있습니다. 가슴을 쥐어뜯거나 얼굴을 감싸 쥐게 하는 회한 따위와는 무관하다는 듯이 사는 사람들 말입니다. 물론 높은 경지에 이르러 일상이 곧 도道가 되어버린 사람들도 있을 겁니다. 그러나 온갖 허점투성이인 데다가, 그 허점을 통해서만 비로소 인간일 수 있는 범부凡夫들의 숙명을 생각한다면, 회한 없이 살아가는 당당한 이들에게는 보통 사람이 흉내 낼 수 없는 독특한 심리적 메커니즘이 작동하는지도 모릅니다. 그러한 심리 기제의 흔한 예로 들 수 있는 것이 바로 '망각과 기억의 자의적恣意的 조작'입니다.

편혜영의 「홀리데이 홈」(2021)에 등장하는 이진수야말로 '자의적인 망각과 기억의 달인'입니다. 이 작품은 이진수라는 제대 군인의 평범한 일상을 찬찬히 그려내고 있지만, 그 안에는 숨 막히는 불안과 모종의 미스터리가 시종일관 따라다닙니다. 이 불안과 미스터리는 기억과 망각의 기묘한 관계에서 발생하는데요. 이진수는 소령으로 전역하면서 자신이 부대 내의 부정행위에 억울하게 연루되었으며, 자기가 모든 책임을 떠맡고 군복을 벗게 되었다는 식으로 말합니다. 그러나 이진수의 기억은 조금씩 의심받기 시작해서 나중에는 그의 말이 왜곡된 거짓일지도 모른다는 사실이 드러납니다.

이러한 기억의 왜곡은 이진수가 과거의 진실을 알고자 하지 않기 때문에 지속되고, '과거의 자신에 대한 무심함'은 '현재의 타인에 대한 무심함'으로 연결됩니다. 이진수의 전원주택은 본래 그가 거래하던 식자재 납품업자의 집이었습니다. 전역 후 고깃집을 하며 오랫동안 거래해온 이 납품업자는 "믿음직스러운 사람"이었지만, 이진수는 그가 채무를 제때 해결하지 못하자 헐값이나 다름없는 조건으로 전원주택을 넘겨받은 겁니다. 그때 납품업자는 "조금만 봐달라고, 기다려주면 갚을 수 있다"고 눈물로 호소했지만, 이진수는 "원칙"대로 처리합니다. '과거의 자신' 역시 타자라고 할 때, 항상 그 타자의 진실에 무심했던 이진수가 또 다른 타자인 납품업자의 고통에 태연한 것은 어찌 보면 당연한 일입니다.

「홀리데이 홈」은 그토록 외면했던 '과거'가 이진수의 전원주택을 찾아오며 절정을 맞이합니다. 비가 쏟아지는 날 커다란 우산을 든 두 명의 남자가 이진수의 집을 방문하는 것입니다. 편혜영이 「아오이가든」(2005) 등에서 보여준 기괴한 세계가 추상적 시공을 배경으로 했다면, 이제 그 섬뜩한 세계는 우리의 일상 한복판에서 발생합니다. 「아오이가

든」의 그로테스크grotesque한 세계보다 「홀리데이 홈」의 친숙한 일상이 더욱 불안하게 느껴지는 이유는 무엇일까요? 그것은 아마도 친숙함과 기괴함의 낙차 때문일 겁니다.

집을 보러온 남자 중의 한 명은 과거의 박민오 일병입니다. 박민오 일병과의 기억은 이미 이진수에게는 망각된 지 오래입니다. 그럼에도 박민오가 "소령님은 정말 제가 기억나세요?"라고 묻자, 이진수는 "그럼, 그럼, 다 기억나지"라고 건성으로 대답합니다. 이진수는 '자의적인 망각과 기억의 달인' 답게 박민오와 자신 사이에 있었던 안 좋은 일을 일찌감치 망각의 저편으로 보내버린 것입니다. 그러나 이어지는 박민오의 이야기는 충격적입니다. 이진수는 박민오를 포함한 병사들이 "악마에 씌었다"라며 엄청난 폭력을 행사했으며, 박민오의 제일 친한 친구는 이진수에 의해 살해되었음이 암시됩니다. 박민오는 그 살해의 현장에 있던 다른 친구는 교회를 청소하며 나름의 회개를 한다면서, 이진수도 그럴 때가 있냐고 묻습니다. 그러나 이진수는 여전히 과거의 기억과 대면하는 것을 거부하고, "하긴 뭘 해. 자네들 그만 일어나지"라고 담담하게 대답할 뿐입니다. 마지막 순간 집을 나서며 박민오는 "소령님"이라고 부르며 무언가를 말합니다. 그러나 포치porch에 떨어지는 빗소리가 워낙 요란해서 취한 듯 중얼거리는 박민오의 목소리는 들리지 않습니다. 이 상황에서도 "느긋하게 뒷짐"을 지고 박민오를 쳐다보는 이진수는 '자의적인 망각과 기억의 달인'을 넘어 차라리 '자의적인 망각과 기억의 괴물'에 가까워 보입니다.

편혜영의 「홀리데이 홈」은 기억해야 할 것을 망각하고, 망각해야 할 것을 기억하는 사람들의 무심한 모습이 지닌 어처구니없음과 비정함을 침착하게 해부해 보여주는 작품입니다. 동시에 자신의 남편에 대해 아는 것도 아니고 모르는 것도 아닌 아내를 통해서 궁극적으로는 기억해야 할 것과 망각해야 할 것의 경계마저도 무화시킵니다. 우리의 과거란 휴가철에 가족 여행자를 받아들일 목적으로 건설한 숙박 시설인 '홀리데이 홈holiday home'처럼 늘 가변적일 수밖에 없는 것입니다. 이러한 경계의 해체는 삶의 가장 근본적인 토대에 의문을 표시한다는 점에서 그 어떤 괴기스러움보다도 더욱 공포스럽게 다가옵니다. 문득 편혜영 작가가 이토록 오랜 시간 성실하게 원고지를 채우는 것은, 삶의 거대한 물음표를 견디는 그만의 방식인지도 모르겠다는 생각이 듭니다.

(2021.11.15.)

슬픔과 슬픔이 만나면 ……

산다는 건 만남과 이별의 연속인지도 모르겠습니다. 시간은 인정이라
는 것을 모르기에, 지상의 모든 것을 망가뜨리고 변화시키는 탓이겠지
요. 그렇기에 인간은 늘 떠나간 상대에 대한 애도라는 과제를 숙명처럼
안고 살 수밖에 없습니다. 정용준의 「미스터 심플」(2021)은 평범한 남녀
의 소소한 만남을 통해 애도에 대해서 이야기하는 작품입니다.

여기 소중한 무언가를 잃어버린 남자와 여자가 있습니다. 한때 오케스
트라의 호른 연주자였던 남자는 아내가 자기를 떠나가는 아픔을, 교정
교열과 번역의 전문가인 여자는 남편이 자살하는 아픔을 겪었습니다.
안타깝게도 둘 다 그 상실로부터 헤어나지 못하고 있네요. 그렇기에 남
자는 아내가 "있는데 없는 것처럼 지내야" 하고, 여자는 남편이 "없는데

있는 것처럼 지내"야만 합니다.

둘이 세상으로 나오게 된 계기는 온라인을 통해 직거래를 하면서부터입니다. 이 대목에서 인류 최초의 물물교환은, 생활상의 필요 때문이 아니라 미지의 타인을 만나고 싶은 바람 때문이었다는 레비스트로스의 말이 떠오르기도 합니다. 온라인으로 여자가 클래식 기타를 남자에게 구매하면서, 다음에는 남자가 블루투스 스피커를 여자에게 구매하면서 둘은 만남을 이어갑니다.

여자와 남자는 떠나간 대상을 제대로 떠나보내지 못해, 우울의 그늘에 머물러 있습니다. 여자는 "좋아지는 것을 원하면서, 좋아지는 나 자신은 원하지 않는 마음"이라는, 자기 학대의 지경에 이르렀네요. 남자 역시 "가진 것을 모두 잃었고 남은 것은 쓸모없는 악기들뿐"이라며, "더 살아야 할 이유를 찾지 못하고" 있습니다. 그렇기에 남자는 자신이 쓴 자서전의 마지막에 "내 이름은 슬픔입니다"라고 써놓을 정도입니다.

떠난 대상을 진정으로 떠나보내기 위해서는 먼저 상대를 이해하고 객관화해야 합니다. 그럴 때만이 '나'와 한데 엉겨있는 대상을 '나'로부터 분리하는 것이 가능할 테니까요. 그러나 아직도 남자에게는 떠나간 아내가, 여자에게는 자살한 남편이 거대한 물음표로 남아있을 뿐입니다. 이들의 머릿속엔 "왜 떠났나?" 혹은 "왜 죽었나?"라는 의문이 가득 차 있습니다. 떠난 대상과의 심리적 이별은 아직도 요원하기에, 둘의 집에는 "버릴 수도 버리지 않을 수도 없어 그대로" 둔 떠난 이들의 물건이 "어수선한 채로, 뒤엉킨 채로" 가득합니다.

그러나 삶의 가장 소중한 대상을 잃어버린 둘의 만남은 기적을 만들어냅니다. 아마도 기타와 스피커를 사고팔며 만난 두 사람이 주고받은 것은 단지 슬픔만은 아니었나 봅니다. 미미하게까지 보이는 거래와 만남을 통해, 남자와 여자는 각자의 슬픔을 비춰볼 수 있는 서로의 거울이 되었으니까요.

남자와 여자는 서로의 절실함으로 거래가 끝난 이후에도 대화를 이어가고, 나중에는 슬픔뿐만 아니라 둘이 가진 가장 좋은 것까지도 나누게 됩니다. 호르니스트였던 남자는 여자를 위해 눈 내리는 깊은 밤 〈대니 보이〉를 연주해주고, 이 순간 여자는 커다란 위안을 얻습니다. 여자도 답례로 자신이 지닌 가장 좋은 것을 남자에게 선물합니다. 그것은 바로 글쓰기를 취미로 갖게 된 남자에게 글쓰기의 비법을 알려주는 것인데요, 그 비법은 퇴고의 원칙과 관련됩니다. 첫째로 완성한 이 글이 엉망이라는 것을 인정하는 것, 둘째로 이걸 다시 쓰면 나아질 수 있다는 것을 믿는 것, 마지막으로 실제로 다시 쓰는 것, 그것이 바로 퇴고의 비법입니다. 아마도 그 퇴고의 비법은, 남자에게 '과감하게 과거를 인정하고 그것으로부터 벗어나 새로운 인생을 다시 시작하라'는 신탁으로 들리지 않았을까요.

여자는 남자의 집을 나와 눈길을 걸어 집으로 돌아갑니다. 눈길 위에는 누군가의 발자국이 남아있고, 여자는 그 발자국에 자신의 발을 맞춰봅니다. 물론 그 발자국에 여자의 발이 꼭 들어맞지는 않겠지만, 타인의 발자국에 자신의 발을 맞추어보는 그 사소한 몸짓에서부터 슬픔의 극복은 시작된다고 작가는 생각하는 것 같습니다. 그러고 보면, 모든 일은 남자의 기타를 받기 위해, 두 달 만에 여자가 외출하는 것에서 시작되었

습니다. 이 순간은 과거와 내면으로만 향하던 삶이 드디어 현재와 타인을 향하게 되는 출발이었던 겁니다. 그 작은 외출은 분명 눈 위에 찍힌 발자국 위에 자기 발을 맞춰보는 정도로 사소한 것이지만, 그리고 그 발자국에 여자의 발이 꼭 들어맞을 일도 없겠지만, 그것은 기적의 시작이었습니다.

주디스 버틀러는 애도가 상대의 취약성에 대한 고려를 통해 비로소 가능하다고 했습니다. 거창하게 말하자면, 남자와 여자가 나눈 것은 그 흔한 기타와 스피커가 아니라 슬픔으로 채워진 미약한 존재들의 진심 아니었을까요. 혹시 누군가를 떠나보내고 괴로워하고 계신가요? 그렇다면 눈 내리는 깊은 밤, 눈길 위에 남아있는 누군가의 발자국에 가만히 자기의 발을 맞춰보기 바랍니다. 그러면 그 사소함으로부터 새로운 삶의 기적이 일어날지도 모르니까요.

(2021.11.22.)

이제는 학교를 떠나야 할 시간

조용하지만 꾸준한 자세로 자신만의 소설 세계—이를테면 모호한 시공간의 설득력 있는 배치, 미스터리적 구성을 통한 불가해한 진실의 탐구, 관계의 결락을 통한 인간 심연의 환기—를 구축해온 손보미 작가가 이번에도 문제작을 세상에 내놓았습니다. 열 살이 갓 넘은 여자아이를 주인공으로 내세운 「불장난」(2021)이 바로 그것입니다. 여기 한 여자아이少女가 있습니다. 어리다는 것은 찬란한 미래의 가능성을 의미하기도 하지만, 날카로운 세상에 언제든지 베어질 수 있다는 아픔의 가능성을 의미하기도 합니다. 이 아이는 부모의 이혼과 재혼, 이사, 전학 등의 일을 겪으며 혼란과 고립감, 나아가 수치심까지 느끼게 되는데요. 주인공이 자라면서 겪는 이런 일들은 통칭하여 '상처'라고 부를 수 있으며, 그 상처의 극복을 가리켜 우리는 '성장'이라는 단어를 사용하기도 합니다.

무엇보다 '내'가 날카롭게 반응하는 것은, 주변의 인간들이 온통 모순투성이라는 점입니다. 담배 피우는 장면은 쳐다보지도 못하게 눈가리개를 해주던 아버지는 부주의하게도 라이터를 소파 밑에 그냥 놔둡니다. '그녀'(새어머니)는 "남자들이란 항상 골칫거리지"라고 말하지만, 자신보다 열두 살이나 많은 '남자', 그것도 자신이 근무하는 학교에 다니는 아홉 살짜리 학생의 아버지와 열렬한 사랑에 빠져 결혼까지 하는군요. '나'의 어머니도 '내'게 "무슨 일이 있어도 나는 영원히 너의 엄마야"라고 말하고는 했지만, 딸이 원하는 책 하나 제대로 사주지 않았으며 나중에는 연락을 끊어버리다시피 합니다.

아이인 '내'가 주위를 가득 채운 이 모순덩어리들에 대응하는 방법은 무엇일까요? '내'가 생각해낸 것은 아파트 옥상에 올라가 불장난을 하는 것입니다. 그 불장난의 계기가 아버지의 모순을 상징하는 라이터로부터 시작되었다는 것은, '내'가 태우는 것이 단순한 종이가 아니라 자신을 그토록 힘들게 한 혼란스러움과 수치심과 굴욕감임을 증명합니다. 그러나 불장난은 어디까지나 '놀이'나 '작란作亂'은 될지언정 지속하는 삶의 방식일 수는 없겠지요. 어쩌면 주변 사람들의 모순을 견디지 못하고 아파트 옥상에 올라가 소각로까지 만들어 종이를 태우는 것이야말로, '나'의 순수와 미숙을 증명한다고 볼 수는 없을까요? 욕망에 따라 하루에도 몇 번씩 옷을 갈아입는 인간이 어떻게 일관된 모습을 매 순간 유지할 수 있겠습니까? 실수로라도 바닥에 라이터를 두지 않으며, '남자들이란 항상 골칫거리지'라는 생각에 따라 일관되게 살아가는 존재가 있다면, 아마도 그것은 성자聖者나 괴물은 될 수 있을지언정 인간은 아닐 겁니다. 그렇기에 인간에게 가능한 성장이란 모순투성이인 주위의 인간들을 극복하는 것이 아니라, 어느 정도는 모순투성이인 그 인간들을 받아들이게 되는 것은 아닐까요?

'내'가 중학교 2학년이 되었을 때 하나의 계기가 찾아옵니다. '나'는 자신이 했던 불장난을 제재로 글을 쓰게 된 것입니다. 글을 쓰면서 '나'는 자기가 그토록 경멸하고 싫어했던 모순에 두 번이나 빠집니다. 첫 번째는 실제로 있지도 않았던 경비 아저씨를 등장시켜 "진실과 거짓이 교묘하게 섞인" 글을 쓴 것입니다. 두 번째는 아이들 앞에서 자신의 글을 낭독하게 되었을 때, 쓰인 원고와는 다르게 읽은 것입니다. 이 순간 '나'는 "세상의 비밀 하나"를 알게 되었다고 느낍니다. 그 비밀이란 모순 없는 삶이란 불가능하며, "때때로 삶에서 가장 큰 용기를 필요로 하는 건, 바로 그런 착각과 기만, 허상에 기꺼이 내 몸을 내주는 일"이라는 깨달음일 것입니다. 이제 '나'는 아버지와 '그녀'와 그리고 어머니를 다르게 바라보지 않을까요? 그것은 라이터를 방바닥에 놔둔 아버지의 부주의함을 생각하는 것과 더불어 담배 피우는 장면을 손으로 가려준 아버지의 섬세함을 기억하는 것이고, 방학이 되어도 어머니에게 가지 않은 것에 짜증을 낸 '그녀'를 기억하기 이전에 늘 자신을 '우리 딸'이라고 정겹게 불러주던 '그녀'를 기억하는 일일 것입니다.

이러한 '나'의 변화는 모순덩어리인 세상과의 타협일 수도 있습니다. 그러나 인간이 모순덩어리라는 근원적인 조건 위에서만 이 세상이 성립한다는 것을 인정한다면, 그것은 분명 하나의 성장일 수도 있습니다. 그

타협과 성장을 통해서 '나'는 더 넓은 세계로 나아갈 것이고, '나'는 이제 교실에서 자신이 쓴 글을 낭독하는 수준에서 벗어나 세상 사람들을 향해 자신의 글을 발표할 수 있을 것입니다. 드디어 주인공에게 학교를 떠나야 할 시간이 다가온 것은 아닐까요? 마지막으로 불장난을 하며 수치심과 굴욕감, 이물스러움과 꼴사나운 천진함을 견뎠을 이 땅의 모든 '나'에게 축복이 가득하기를 빕니다.

(2022.2.15.)

열한 번째 편지

믿고 의지할 거라고는 영양제뿐인 사람들

넷플릭스에서 한국의 문화콘텐츠가 엄청난 인기몰이를 하고 있습니다. 우리 시대의 고전이 된 「오징어 게임」을 시작으로 하여 「지옥」그리고 이번에는 「지금 우리 학교는」까지 세계인의 관심을 끌고 있는 겁니다. 그런데 여기서 주목할 것은 이들 드라마가 하나같이 고통과 폭력으로 점철된 한국의 현실을 다루고 있다는 점입니다. 이를 두고 어떤 이는 'K지옥도' 장르의 탄생이라고 말하기도 하는데요.

염승숙의 「믿음의 도약」(2021)도 일종의 'K지옥도'에 해당하는 작품입니다. 어디에도 의지할 곳 없는 젊은 부부의 주거 문제를 정면에서 다루고 있으니까요. 주거 문제란 참으로 안타까운 우리 시대의 핵심 과제이지요. 오늘날 입 가진 자 중에 성토하지 않는 이가 없을 정도로 모두를 힘들게 하는 일인데요. 그렇기에 「믿음의 도약」은 모든 이가 쉽게 공감할 수 있는 소설이 될 수도 있지만, 잘못하다간 너무나 뻔한 소설이 될 위험도 있습니다. 이 익숙한 제재를 어떻게 예술의 경지로 끌어올리느냐가 이 작품의 포인트입니다.

철과 영은 다섯 살 된 아이를 둔 젊은 부부인데요. 이들의 삶은 "그저 세 식구 마음 편히 발 뻗고" 지낼 수 있는 집 하나를 마련하기 위한 분투의 과정이라고 해도 과언이 아닙니다. 처음 철이 자취하던 월세방에서 살림을 시작한 둘은, 다음에는 보증금 2억을 모아 빌라로 이사하여 아이를 가졌고, 지금은 철이 은행 대출을 받아 마련한 두 칸짜리 아파트에 전세로 살고 있습니다. 이 아파트는 틈만 나면 단전, 단수에 온갖 벌레가 들끓고, 엘리베이터는 교체 시기가 한참 지났는데요. 그럼에도 집주인은 부당한 요구를 끝도 없이 해옵니다.

이에 이들 부부는 큰맘 먹고 살 만한 집을 장만하기로 결심합니다. 집을 사는 것은 대출 원금과 이자를 쥐꼬리만 한 월급에서 매달 떼어야 한다는 의미이고, 그렇기에 수입이 일정치 않고 직장이 안정적이지 못한 철과 영에게 집을 장만하는 일이란 "날 선 종이 위에 서 있는 기분"을 느끼는 일에 해당합니다. 영은 돈 많은 이들 대신 백화점의 명품을 대리구매하는 아르바이트를 하며 푼돈을 벌고, 철은 사무 보조로 일하며 야간에는 대리운전까지 하며 간신히 삶을 지탱해 나가는데요. 이들 부부의 어려움은 코로나바이러스로 인해 더욱 배가됩니다. 특히 영이 바이러스에 대해 느끼는 두려움과 초조함은 강박적일 정도입니다.

세상에 기댈 사람이 아무도 없는 이들 부부가 의지할 수 있는 것이라고는 영양제뿐이네요. 처음에 영은 철에게 "유산균(장 건강이 최우선), 종합비타민(종비는 필수야), 오메가3(나이 들면 뇌세포가 자꾸 죽는대), 비타민 C(코시국에 제일 중요하지), 비타민D(실내에서는 햇빛을 못 받으니까), MSM(식이 유황인데 관절 통증에 좋아), 실리마린(간 건강은 말이 필요 없고), 소화효소(가장 중요한 건 소화력), L-테아닌(우울증 예방)을 주고, 때마다 사과식초와 배도라지즙"을 마시게 합니다.

영양제에 대한 이 과도한 믿음은 이들이 겪는 주거 문제를 더욱 실감나게 부각하는 장치이기도 한데요. 어쩌면 철과 영에게는 그들의 육신이야말로 이 지상에서 그들에게 허용된 가장 작지만 유일한 공간인지도 모릅니다. 그렇기에 육신의 병듦은 철과 영에게 너무나도 치명적인 일입니다. 이들은 '영양제에 대한 믿음' 하나로 이 지옥도를 견디려고 하는 것인데, 안타깝게도 코큐텐과 항산화제까지 복용하던 철과 영은 어느 날 병원에서 '장누수증후군'이라는 진단을 받고 맙니다. 그토록 믿었던 영양제의 권능이 철과 영에게는 아무 은총도 내리지 않고 그대로 배설되어 버렸던 거네요. 이러한 상황에서 의사는 새로운 영양제인 프리바이오틱스, 초유, 글루타민을 처방합니다. 철과 영은 이전에 먹던 영양제에 덧보태 의사가 처방해준 영양제까지 먹으면서도, 더욱 심한 불안을 느끼고 그 불안은 새로운 영양제의 주문으로 이어집니다. 그러나 세 기조차 어려운 영양제의 은총은 오래가지 않습니다. 이들은 다시 명현반응에 시달리게 되니까요. 이에 의사가 새롭게 처방해준 천연항생제 베르베린까지 추가해서 먹고, 영양제의 양마저 대폭 늘려 복용합니다. 나중에는 약효를 높이기 위해 아예 캡슐들을 하나씩 까서 그 안에 든 분

말을 모두 녹여서 마셔버리기까지 하는군요.

  결국 영과 철은 지금 살고 있는 전셋집과 비슷하게 낡고 좁은 아파트를 간신히 마련합니다. 철과 영은 새로 마련한 아파트가 이전에 살던 아파트와 별반 다르지 않다는 예감을 받지만, 애써 그것을 외면합니다. 나중에는 서로 불안하게 "나아질까/나아져야지"와 같은 자기 암시성 대화까지 나눌 정도입니다. 이들은 결국 "무형의, 눈에 보이지 않는, 어떤 증명할 수 없는 것을 향한 절실한 믿음만이 필요하다"라고 생각합니다. 그러나 안타깝게도 그날 밤에 옥상 물탱크는 터져버리고 지하 정화조는 넘쳐버립니다. 아마도 이들에게는 아직 믿음이 부족했나 봅니다. 철과 영이 이 험난한 현실을 헤쳐 나가기 위해 진정으로 필요한 것은 '믿음의 도약'인 것일까요? 염승숙은 매우 건조한 문체로 무척이나 절실한 우리 시대의 주거 문제를 어떻게 해결해야 할지 여러분에게 묻고 있습니다.

(2022.3.2.)

"이원영은 다 나았고, 오래오래 행복하다."

새 학기가 시작되었습니다. 무려 3년 만에 '소설론' 수업을 온전히 강의실에서 하고 있습니다. 학생들의 기대와 설렘으로 가득 찬 눈빛을 보며, 저는 소설의 가능성과 역할에 대해 한참을 더듬거리다가 첫 번째 시간을 마쳤습니다. 소설은 우리에게 세상의 감춰진 진실을 알게 해주고, 참다운 삶의 방식을 고민하게 하며, 그것을 통해 미적인 감동을 준다고 말했던 것 같습니다. 임솔아의 「초파리 돌보기」(2021)는 잔잔한 음색으로 우리 시대 소설이 할 수 있는 또 다른 몫에 대해 말하고 있는 작품입니다. 「초파리 돌보기」는 소설가인 지유와 엄마인 원영이 뜻하지 않게 힘을 모아, 이전과는 전혀 다른 소설 한 편을 완성하기까지의 과정을 담고 있습니다.

원영은 흔히 하는 말로, 평생 고생만 한 우리 시대의 어머니입니다. 9 남매의 여섯 번째 딸로 태어나 열 살이 넘도록 학교도 가지 못했고, 어린 나이부터 가발 공장 노동자, 외판원, 마트 캐셔, 초등학교 급식실 조리원, 볼펜 조립 부업, 텔레마케터로 끊임없이 일을 해왔습니다. 힘겨운 삶을 살아오면서 원영은 사소한 걱정에도 잠을 설치는 소심한 사람이 되어버렸네요.

그런 원영에게도 늘그막에 잠시 행운이 찾아옵니다. 대학 안의 생명과학연구원에서 초파리를 기르는 아르바이트를 하게 된 겁니다. 그 일은 보수도 좋았을 뿐만 아니라, 원영이 평생 갖고 싶어 했던 자기의 책상도 마련해 주었네요. 그러나 원영은 지금 온몸이 쇠약해지고 탈모 증상도 심해져서 초파리 기르는 일을 그만두고 집에 있습니다. 평소 사회문제에 관심이 많던 소설가 지유는, '엄마 원영의 질환이 실험동과 초파리 때문이 아닐까' 라는 의문을 품게 됩니다. 지유는 그 진실을 파헤치기 위해, 원영에게 실험동에서 겪은 일들에 관해 물어보는데요. 그러나 원영은 평생 처음으로 좋은 보수를 받으며 온전한 인간으로 대우받았던 연구동에서의 일 때문에, 자신이 병에 걸린 거라고 조금도 생각하고 싶어 하지 않습니다.

결국 지유는 원영의 병이 초파리와 실험동 때문이라는 확신을 얻기 위해, 자신이 원영에 대한 소설을 쓰려 한다며 실험동에서 겪은 안 좋은 일들에 관한 질문을 집요하게 이어갑니다. 그러나 평소 지유에게 자기 이야기를 소설에 써보라고 늘 말해왔던 원영이지만, 자신의 "꿈이 이루어진 곳"인 초파리 실험동을 문제가 있는 것처럼 쓰면 안 된다고 생각합니다. 오히려 원영은 "굳이 따지자면 해를 끼친 쪽은 초파리가 아니라 자신"이라고 말하네요. 연구동에서의 아르바이트가 원영이 처음 경험한 인간다운 일이었다면, 초파리 역시 원영에게는 특별한 애정의 대상이었던 겁니다. 이 애정은 수명이 고작 2주 내외인 초파리의 희미한 존재감이 자신을 닮았기 때문인지도 모르겠네요. 파리도 되지 못한 초파리는 그 미미한 존재감으로 이 세상에 온갖 이로운 일을 하는 생명체입니다.

한편 원영은 소설의 아이디어를 제공하는 척하면서 자기 안에 있는 여러 가지 이야기를 지유에게 들려줍니다. 그 이야기는 평생 가난했기에, 그리고 여자였기에 겪어야만 했던 차별과 고통으로 가득합니다. 그것은 "텔레마케팅 사무실에서 헤드셋 너머로 종일 욕설을 듣는 여자 이야기. 평생 자기 책상을 가져보지 못해서 아프기 시작한 여자 이야기. 밀가루가 체질에 맞지 않아 늘 위무력증에 시달렸지만 남편이 국수를 좋아해서 30년 동안 국수를 먹은 여자 이야기. 체할 때마다 그렇게 왜 국수를 먹느냐고 다그치던 딸 이야기. 그러면서도 일요일 저녁이면 와, 국수다, 라며 손뼉을 치던 딸 이야기……."와 같은 것들입니다.

원영은 지유가 자신의 이야기를 소설로 완성하기만을 기다립니다. 원영은 지유에게 "원영이가 깨끗이 다 나아서 건강해지는 결말을 써줘"라고 간절하게 부탁하는군요. 평생 "가까운 누군가가 죽거나, 직장에서 해고를 통보받거나, 혼자 고독하게 방에서 쓰러지던 인물"만을 그려온 지유가 들어주기에는 어려운 부탁인데요. 평소 지유는 소설에서 해피엔드를 쓰는 것이 아무런 소용이 없다고 생각했던 것입니다. 아마도 지유는 이 사회의 어둠을 조금이라도 부각시켜서 그것을 세상에 널리 알리고,

그 부정의 힘으로 이 세상을 조금이라도 변화시키기를 원했는지도 모르겠습니다.

작품의 마지막은 원영이 마침내 지유가 완성한 소설을 읽는 것입니다. 그 소설에서 원영은 초파리 실험에서 발견한 로열젤리의 효능을 믿고, 로열젤리를 복용하여 건강을 회복합니다. 그리고 마지막 문장은 원영이 그토록 원했던 대로입니다. "이원영은 다 나았고, 오래오래 행복하다." 지유에게 너무나도 시시한 이 마지막 문장에는 원영의 오래고 간절한 희망이 담겨있습니다.

소설은 분명 이 사회의 어둠을 세상에 알리고, 그것을 통해 올바른 삶을 고민하게 하는 힘을 지니고 있습니다. 동시에 임솔아의 「초파리 돌보기」는 소설이 누군가에게는 어둠 속의 반딧불같이 미미하지만 결코 포기할 수 없는 희망의 근거가 되기도 한다는 것을 보여주는군요. 다음 '소설론' 시간에는 기대와 설렘으로 가득 찬 눈망울 앞에서 소설이 지닌 또 하나의 힘을 이야기할 수 있을 것 같습니다.

(2022.3.8.)

'맹목적 선'이 만드는 '선량한 악'의 세계

안보윤의 「밤은 내가 가질게」(2020)는 두부 자르듯이 재단하기 어려운 선악善惡의 문제를 파헤친 문제작입니다. 이러한 애매함은 유한한 인간이 무한한 세계에서 살아가며 겪는 숙명인지도 모르겠습니다. 어린이집에서 일하는 '나'의 주위에는 선한 자들이 가득한데요. 서른네 살의 언니는 자기 앞가림도 못하고 가족의 도움으로 간신히 살아감에도, 늘 자기의 도움이 필요한 사람들을 찾아내 선행을 베풉니다. 일테면 제주도로 여행 갔다가 만난 남자와 대뜸 살림을 차리고는, 그 남자의 아이를 돌봐주면서 미역 말리고 밭일하면서 학대당하다가 가족에게 간신히 구조되는 식입니다. 언니는 지칠 만도 하건만, 끝도 없이 사람을 믿고 돈을 뜯기고 이용당하는 일을 반복하는군요. 음악 하던 남자, 사이비 교주, 애 딸린 홀아비 등을 도와주며(사기당하며) 이 힘든 세상을 견뎌온 언니가 최근에 새로운 도움의 대상으로 발견한 것은, 사람이 아닌 보호소의 유기견입니다. "봉사라는 건 정말 좋은 거더라"라는 주옥같은 말을 하는 언니는 역시나 이번에도 진심입니다. 그러나 언니의 이 선행에 필요한 여러 가지 뒤치다꺼리는 이번에도 역시 가족인 '나'의 몫일 뿐이네요.

애견숍에서 일하는 친구 이선도 선행에 앞장서기는 언니와 마찬가지입니다. 유기견 보호소에 다니며 봉사활동을 하는데, 이러한 활동은 시간이 갈수록 치열해집니다. 두세 달에 한 번 가던 미용 봉사를 한 달에 한 번으로 늘리고 싶어 하며, '나'에게도 같이 가자며 권유까지 하니까요. 결국 '나'는 그 지당한 권유에 "한계까지 부푼 고무풍선이 뺑 터지는 기분"이 들어서, 친구 이선과 소리를 질러가며 싸웁니다. 둘은 "서로가 모르는 것을, 앞으로도 모를 게 분명한 것을 잣대로 서로를 비난하는 이상한 싸움"을 벌이는 것입니다. 자기보다 약한 존재에게 선행을 베푸는 언니나 이선에게 '나'는 악인惡人일 수도 있지만, 평생 '착한' 언니의 뒤치다꺼리를 해온 '나'의 입장에서는 언니와 이선을 선인善人으로만 생각할 수도 없는 노릇이니까요. '내'가 이선처럼 '착하게' 사는 언니에게 바라는 삶은, "그럴듯한 거 흉내 내느라 사고 치지" 말고, "그날 하루만 안전하고 배부르길 바라면서 살라"는 것입니다.

「밤은 내가 가질게」에서 언니는 충동drive에 들린 사람처럼, 어떻게든 자기보다 약한 존재를 찾아내어 돕고자 합니다. "언니는 다만 선한 사람, 언제까지고 선하기만 하려는 사람"인 것입니다. 이 작품에서 조금은 모자란 것으로 묘사되는 언니가 또박또박 자기의 뜻을 말하는 유일한 순간이 있습니다. 그것은 개를 입양하려는 이유를 묻는 '나'에게, "아무 의심 없이 대할 수 있는 존재가 내 앞에 있다는 거. 그래서 내가, 아직 상냥한 채로 남아있어도 된다는 거. 그게 나한테는 정말 중요해"라고 말할 때입니다. 이 순간 우리는 '맹목적 선행'의 이면에서 작동하는 심리적 보상의 메커니즘을 분명하게 확인할 수 있습니다.

그런데 이 작품에서 주목할 것은, 맹목적 선행의 피해자였던 '나' 역시 그러한 맹목적 선행의 세계에 동참한다는 점입니다. '나'는 누구보다 예민하게 네 살 난 주승이의 몸에 난 멍에 주목하고, 아이의 엄마를 학대 혐의로 당국에 신고합니다. 그 결과 주승이는 학대를 일삼는 엄마에게서 벗어나, 할아버지와 살게 됩니다. 그러나 안타깝게도 상황은 오히려 악화되는데요. 주승이의 할아버지는 어린이집이 문 닫을 시간이 되어도 늦기 일쑤며, 때로는 불쾌하게 술이 올라서 찾아오기도 합니다. 결국 자폐 증상이 심한 주승이는 아이들 보는 앞에서 대변을 보는 지경까지 이르고 마네요. '나'의 선행은 의도치 않은 악을 불러왔던 겁니다. 이러한 일을 경험한 후에도 '나'는 할아버지와 사는 주승이의 배꼽에 남아있는 멍을 힘들게 찾아낸 후에, 경찰에 신고하여 주승이를 할아버지로부터도 분리합니다. 이 일로 '나'는 주변의 칭송을 받지만, 주승이의 내일이 과연 오늘보다 나아질 것인지는 확신할 수 없습니다.

「밤은 내가 가질게」는 '내'가 언니나 이선의 선행에 동참하는 것으로 끝이 납니다. 유기견을 집에 데려오고 싶어 했던 언니의 부탁을 받아들여 유기견 토리를 집에 데려오는 것입니다. 결국 '나'의 좁은 집에는

'나', 언니, 이선 그리고 강아지 토리가 모두 함께 모이는군요. 그렇다고 해서 이 작품이 사소한 선행으로 극복될 수 없는 현실의 문제를 해결하기 위해 구조적 변혁을 도모해야 한다는 식의 소설인 것은 아닙니다. 분명 이 '맹목적 선행'마저 없다면, 이 세상은 진정한 지옥이 될지도 모르니까요. 그럼에도 충분히 사유되지 않은 선이 가져올 '선량한 악'의 세계 역시 또 하나의 '밤'일 뿐이라는 사실도 이 작품은 보여줍니다. 마지막으로 '선악의 뫼비우스 띠Mobius band'를 이토록 유려한 모습으로 펼쳐놓은 안보윤 작가에게 찬사를 보냅니다.

(2022.3.15.)

열네 번째 편지

복도의 이쪽과 저쪽

영화 〈월하의 공동묘지〉(1967)에서 공동묘지에 묻힌 월향은 왜 자꾸만 유령이 되어 나타날까요? 이유는 그녀가 완전히 죽지 않았기 때문입니다. 몸은 죽은 것이 분명하지만, 억울하게 죽은 사연은 아직 세상에 제대로 알려지지 않은 것입니다. 그렇기에 월향은 자신이 제대로 죽을 때까지 달빛 아래月下 공동묘지에 나타날 수밖에 없습니다. 이러한 유령의 탄생 조건을 두고, 한 철학자는 유령이란 상징적 죽음과 실제적 죽음의 간극으로 인해 탄생한다고 말했던 것입니다. 오늘 이야기하고자 하는 강화길의 「복도」(2021)에도 유령이 서성이고 있습니다. 한국형 스릴러 장르소설을 개척하고 있는 강화길은 최근에 발표한 『대불호텔의 유령』(2021)에서 한국 사회의 혐오와 그 밑바닥에 일렁이는 역사적 정념을 공포스럽게 보여준 바 있는데요. 「복도」는 『대불호텔의 유령』과 짝을 이루는 작품으로서, 「복도」의 유령은 과거가 아닌 지금의 한국 현실에 밀착한 불안과 공포를 보여줍니다.

「복도」에서 가장 특이한 것은 주인공 '내'가 살고 있는 아파트가 유령이 되어버렸다는 사실입니다. '나'는 신청한 지 네 번 만에 신혼부부 임대주택에 당첨되어 한참을 기다리다가 간신히 파빌아파트에 입주합니다. 그런데 "임대주택이 아닌 아파트 건물들만 지도에 나와 있"고, 주인공 부부가 입주한 임대아파트는 어떤 지도에도 나오지 않습니다. 배달기사나 택배 기사조차 이 집을 찾지 못하며, 그렇기에 부부에게는 임대아파트가 엄연히 존재하지만 공식적으로는 존재하지 않는 것과 마찬가지네요. 실제적으로는 살아있으나 상징적으로는 죽은 것이라고 볼 수 있는 이 임대아파트야말로, 유령이라고 불러도 모자라지 않을 겁니다. 유령이 된 임대아파트는 그곳에 사는 사람들이 이 사회로부터 온전한 대우를 받고 있지 못하다는 것을 상징적으로 보여줍니다. 안타깝게도 분리수거를 하던 어느 날, '나'의 남편은 아파트 주민으로부터 외부인 취급을 받기도 하는군요.

주인공 부부가 임대주택에 당첨되는데 시간이 걸렸듯이, 또 시간이 지나면 조만간 자신들의 집도 지도에 등록되리라고 믿습니다. 그것은 자신들이 이 사회로부터 온전히 대우받게 되리라는 믿음이기도 합니다. 그렇게만 된다면 물건이 잘못 배달되는 일도 없을 것이고, 더 이상 분리수거장에서 모욕을 당하는 일도 없을 테니까요. 그러나 상황은 오히려 악화돼, 일고여덟 살 된 아이마저도 '나'를 경계하며 멀리하는 시선을 던집니다. 그 이후 '나'는 절망적으로 "이 집이 싫은 사람은 끝까지 싫을 것 같아. 절대 안 들어올 것 같아"라는 말을 생각하고 또 생각하고는 합니다.

여기까지라면 강화길의 「복도」는 약자의 입장에서 한국 사회의 문제를 그린 소설이라고 정리할 수 있을 겁니다. 「복도」는 여기서 한 발짝 더 나아가는데, 이것이야말로 강화길이라는 작가의 개성을 보여주는 대목이겠죠. 작품에는 진짜 유령이 등장하는데, 이 유령은 혐오의 문제를 떠올리게 하는군요. 아이에게조차 외면당하는 임대주택 사람들의 삶은 분명 혐오의 정서와 관련됩니다. 주목할 것은 그 혐오의 소용돌이 속에서 '나' 역시 혐오의 대상이기만 한 것이 아니라 혐오의 주체이기도 하다는 점입니다.

「복도」에는 처음부터 시종일관 알 수 없는 '그것'이 임대아파트의 창문 밖을 서성이고 있었습니다. '그것'은 '내'가 사는 임대아파트의 건너편에 위치한 판자촌과 관련된 것임이 강하게 암시되는데요. 그 판자촌과 임대아파트 사이의 길은 너무나 좁아서 건물의 길고 좁은 "복도" 같은 느낌을 줄 정도입니다. 누군가 작정하고 안을 들여다보려 한다면 집 안 거실까지 훤히 볼 수 있을 정도로 그 길은 좁습니다. 자기네들의 삶을 방해할 타인을 차단하기 위해, 주인공 부부는 이 임대아파트에 "소파나 텔레비전이 아니라 블라인드"를 가장 먼저 살림으로 들이기도 했던 것입니다. 이러한 주인공 부부의 모습에는 "내 집"과 "내 공간"을 지킨다는 명목으로 두꺼운 블라인드를 치고 자신만의 성을 높이 쌓는 데만 골몰하는 우리의 삶이 그대로 드러나 있습니다.

    그러한 노력에도 불구하고 이사한 날부터 '나'는 창문 밖에서 서성이는 '그것'을 느낍니다. 결국 이 작품은 '나', '너', '그것' 등이 파국의 난장을 벌이며 끝납니다. 그 난장은 현실과 환상의 경계를 가로지르며, 끝을 알 수 없는 공포와 불안을 자아내는데요. 우리 사회에는 얼마나 많은 적대의 '복도'가 존재하고 있을까요? 강화길의 「복도」는 그 복도를 혐오로 채우는 것이 과연 올바른가를 독특한 방식으로 질문하는 개성적인 작품입니다.

(2022.3.25.)

통나무가 익어가는 소리

한 인간을 사회적 약자로 만드는 것에는 여러 가지가 있습니다. 현대 사회에서는 자본, 인종, 젠더 등의 요소를 대표적으로 꼽을 수 있겠지요. 여기에 또 한 가지 요소를 더하자면, 외모(몸)도 포함할 수 있지 않을까요? 인구 대비 성형수술 비율이 세계 1위라는 것에서도 드러나듯이, 한국에서 몸(외모)이 지닌 가치는 결코 작지 않습니다. 이주혜의 「그 고양이의 이름은 길다」(2021)는 수술을 받는 중인 53세의 여성이 자신의 몸을 벗어난 '21그램'의 영혼이 되어 지나온 삶을 되돌아보는 이야기입니다. 외모의 문제는 인간을 약자로 만드는 여러 가지 요소와 결합하여 더욱 심각해지기도 하는데요. 「그 고양이의 이름은 길다」에는 가난과 결합된 외모가 유발하는 삶의 곤혹스러움이 잘 나타나 있습니다.

구은정의 몸무게는 열일곱 살이 되기 전에 70킬로그램을 가뿐히 넘기게 됩니다. 이런 은정을 향해 엄마는 "여자애 몸무게가 70킬로그램을 넘겨서 어디에 쓴다니?"라고 말하며, 늘 은정이 "몸의 쓸모를 걱정"하는군요. 그러나 은정은 바로 그 몸으로 고등학교를 졸업하자마자 홀로 집안을 건사해 나갑니다. 언론인이었던 아버지가 어딘가에 끌려갔다가 마음을 다쳐 돌아온 이후로, 은정은 주변 사람들 말마따나 "처녀 가장"이 되었던 겁니다. 변두리의 조그마한 목재회사에서 일하는 은정은 주변 사람들로부터, "늘 거인, 여장부, 처녀 장사" 등의 말을 듣습니다. 더욱 안타까운 것은 성인이 되는 것과 동시에 남자들만 득시글거리는 목재회사에 던져지다시피 한 은정에게는 자신의 외모를 가꿀 기회조차 주어지지 않았다는 사실입니다.

　이 작품은 몸과 마음의 이중성에 대해 날카로운 감각을 보여줍니다. 먼저 은정이 "동경"했던 총무부의 베테랑 직원 소희 언니가 있습니다. 은정은 "늘 좋은 냄새"가 나며 "잔털 하나 보이지 않게 눈썹과 코밑 털과 다리털을 관리"하는 소희 언니를 동경하는데요. 이 작품은 두 페이지에 걸쳐 소희 언니의 우아함과 여성스러움을 묘사할 정도로, 소희 언니의 아름다움은 크게 강조됩니다. 그러나 소희 언니는 자신이 좋아하는 사장과 은정의 사이를 오해하고서는, 은정에게 차마 여기에 옮길 수도 없는 막말을 하는군요. 은정이 처음으로 경험했던 '아름다운 몸'의 세계는 그렇게 처참한 상처만을 남깁니다.

　다음으로는 목재회사의 사장이 있습니다. 사장은 그 매력적인 소희 언니가 "이상적인 남편상"이라고 여길 만큼 성실하고 중후한 인물입니다.

상처喪妻한 이후에도 죽은 아내만을 그리워하며 오직 자식과 회사를 위해 헌신하는데요. 그런 사장이 은정에게 일본 출장에 동행해줄 것을 요청합니다. 사장의 주요 거래 상대는 마루와 임업의 기술부장인 사토 상입니다. 이 출장은 특이한 점이 있는데, 마지막 24시간은 사장이 두툼한 엔화 봉투와 함께 은정에게 자유 시간을 준다는 겁니다. 그 후로도 "이 기이한 출장"은 무려 20년이 넘게 지속되고, 어느 순간부터 은정은 사장과 사토 상이 연인 사이라는 것을 직감합니다. 췌장암으로 죽으며 사장은 오동나무 서랍장과 적지 않은 돈, 그리고 자신과 사토 상이 함께 찍힌 사진을 은정에게 남깁니다. 아마도 그것은 사토 상과 자신이 나눈 "사랑의 목격자이자 증언자"가 은정이라는 것을 보증하는 하나의 증표겠지요. 그리고 은정이 그 사랑의 조력자로 선발된 이유는 역시나 그 외모가 중요한 몫을 차지했을 것입니다.

그런데 「그 고양이의 이름은 길다」는 외모가 부족하고 거기다 돈까지 없는 한 여성의 불행을 고발하는 차원의 이야기는 아닙니다. 은정은 나름대로 삶을 가꾸어 나가며, 이를 통해 자신을 우롱했던 아름다움의 세계를 넘어섭니다. 사장이 사토 상과 사랑을 나누던 도쿄에서 은정도 카페 구루미의 주인과 조용한 사랑을 나눕니다. 카페 구루미에 있는 고양이의 이름은 무려 "구루미 라떼 아로니아 바로네즈 3세"인데요. 은정의 애인이 고양이에게 이토록 긴 이름을 지어준 것은, 긴 이름의 단어 하나하나에 고양이의 내력과 개성이 담겨있기 때문입니다. 그에 반해 30년이 넘게 회사에 헌신해온 은정에게 주변 사람들이 붙여준 이름이라고는 '거인'이나 '여장부'를 거쳐 '억척 아줌마', 심지어는 '불알 없는 남자'

와 같은 것들입니다. '고양이에게 붙은 긴 이름'과 '은정에게 붙은 짧은 별명'의 차이는 상대를 대하는 섬세함과 무심함의 차이는 아니었을까요? 이러한 후자의 짧은 별명은 모두가 외모만으로 쉽게 상대를 판단한 결과와도 관련됩니다. 그러고 보면, 50이 넘도록 은정이 독신으로 지내온 것은 그녀의 자발적인 선택인지도 모르겠습니다. 은정은 그토록 동경하던 소희 언니가 "몸 고생과 맘고생"을 각오하고라도 반드시 결혼하려는 모습을 지켜보며, "언니! 맘고생도 몸 고생도 안 하면 안 돼요? 그냥 언니 혼자 행복하게 살면 안 돼요?"라고 안타까워했던 것입니다.

「그 고양이의 이름은 길다」에는 시종일관 아주 작은 소리가 하나 울리고 있었습니다. 가구가 되기를 기다리며 회사 마당에 쌓여있던 통나무가 내는, "툿. 풋."과 같은 소리인데요. 이 미세한 소리를 은정만은 분명히 들을 수 있었습니다. 그것은 아마도 은정 스스로 조금씩 익어가고 있었기 때문일 것입니다. 마지막으로 우리도 통나무 익어가는 소리와 함께, 조금씩 성숙해지기를 기대해봅니다.

(2022.4.4.)

웅녀가 먹던 마늘

최은미의 「고별」(2021)은 은산대학병원 장례식장 9분향실이 배경인 소설입니다. 이곳에서는 태영의 시어머니 장례식이 치러지고 있군요. 제목이기도 한 '고별告別'은 우선 망자가 된 시어머니와 태영의 영원한 이별을 의미합니다. 그런데 모든 장례식이 그러하듯이, 이 장례식의 주인공도 죽은 시어머니가 아니라 살아있는 자들입니다. 이 장례식장에서는 향냄새와 꽃냄새로도 차마 가리지 못한 산 자들의 욕망이 끈적하게 펼쳐집니다.

먼저 가족 간의 갈등이 있습니다. 시어머니는 평소 장남만을 편애했으며, 투병 중에도 해외에 있는 장남만을 그리워했습니다. 생전에 어머니를 전혀 돌보지 않았던 장남 부부는 장례가 시작된 후에야 나타나서는,

장남이라는 권위를 내세워 대장 노릇을 하네요. 거기에 덧보태, 남남이 다시피 한 친척 누나는 태영의 남편인 준기가 어렸을 때 소심했던 것에 대해 흉을 보고, 준기는 친척 누나의 말이 사실임을 증명이라도 하겠다는 듯이 심하게 삐집니다. 그러나 핏줄끼리의 이런 감정싸움은 9분향실에서 준기의 조문객들이 펼치는 '사내社內 정치'의 독기에 비하면 차라리 애교에 가깝습니다.

태영의 남편은 은산문화재단에 근무하고 있으며, 속된 말로 잘나가는 실세입니다. 한때 태영도 은산문화재단에서 근무했기에, 남편의 조문객들은 태영과도 모두 안면이 있습니다. 준기는 태영의 상사였고, 태영은 준기와 결혼한 후에 전업주부의 길을 선택한 것입니다. 지금은 새로운 대표이사 선출과 인사이동을 앞둔 시기인지라 재단의 모든 사람들이 극히 민감한 때입니다. 특히 남편인 준기와 정 팀장은 라이벌로서, 둘은 장례식장에서까지 미묘한 긴장감을 내뿜고 있네요.

그런데 9분향실의 진정한 긴장감은 태영으로부터 비롯됩니다. 「고별」에서 태영은 전쟁터에라도 나가는 군인인 양 시종일관 심각합니다. "내가 흐릿해 보이면 절대 안 되는 날이었다"거나 "나는 흐릿해지지 않기 위해 몸의 모든 감각을 극도로 끌어오려 그 기를 눈에 집중시키고 있었다"라는 문장에는, 장례식장에 나선 태영의 긴장감이 생생하게 드러나 있는데요. 실제로 태영은 심각한 결단을 앞두고 있습니다. 그녀는 남편인 준기를 파멸로 몰아넣을 수도 있는 거래를 준비하고 있으니까요. 그 거래의 내용은 구체적으로 나오지 않지만, 남편의 라이벌인 정 팀장과 태영이 부적처럼 챙겨온 USB 메모리스틱과 관련된 것임은 분명하게 드러납니다. 이 대목에서 제목 '고별'에는 함께 지내던 사람과 헤어지면서 작별을 알린다는 의미가 있다고도 할 수 있습니다.

　아마도 이러한 결단에는 준기가 그동안 "얼굴도 볼 수 없을 만큼 바빴"으며, 태영이 "그간의 내 긴장도를 남편은 알고 있었을까?"라고 생각할 만큼 준기가 태영에게 무심했던 것도 한몫했을 것입니다. 이러한 태영의 결단은 기존의 전통적인 여성상과는 거리가 한참 먼 것입니다. 가부장제에서 아내란 남편의 성공을 위해 헌신하는 것만으로도 일분일초가 모자란 존재니까요. 그럼에도 태영은 태연하게 남편의 라이벌인 정팀장과 거래를, 그것도 시어머니의 장례식장에서 시도합니다. 그 대가로 태영이 원하는 것은 "외주 일보다 더 크고 확실한 일"입니다. 사람들이 준기와 태영을 "베갯머리로 묶인 운명 공동체로 당연하게 전제"하며, 태영에게 "허준기와의 결속보다 더 중요한 결속이 있을 수 있다는 걸 아예 상상하지 않"은 것은 나태한 습관에 지나지 않았던 것입니다. 이미 충분히 위협적인 태영의 모습이 더욱 공포스럽게 느껴지는 이유는, 태연히 그러한 일을 시도하면서도 여전히 자신의 남편을 "내 사랑 허준기"라고 생각하기 때문입니다. 여기에 이르러 제목인 '고별'은 여성에게 주어진 기존의 성역할과 단절하는 것을 의미한다고 볼 수도 있겠네요.

　「고별」의 처음과 마지막에는 시어머니가 태영에게 정기적으로 주던 마늘 냄새가 가득했습니다. 여기까지 읽은 독자라면 이 마늘이 예사롭지 않게 다가오지 않나요? 어쩌면 이 마늘은 단군신화에 나오는 곰이 동굴에서 먹었던 그 마늘인지도 모릅니다. 곰은 그 맵고 쓴 마늘을 100일간 먹은 끝에, 웅녀가 되어 아들 단군을 낳았습니다. 그러나 애석하게도 아들 단군을 낳은 웅녀의 후일담은 그 흔적조차 남아있지 않네요. 「고별」
의 마지막 장면은 시어머니가 준 마늘이 가득한 냉장고 문을 열고, 태영
이 "안녕히 가세요!"라고 외치는 것입니다. 이 장면은 웅녀가 먹었던 마
늘과의 결연한 고별을 선언하는 것일 텐데요. 이 장면 속에는 웅녀의 후
손들에게 오랜 시간 강요된 성역할과 과감하게 단절하고자 하는 의지가
분명하게 아로 새겨져 있습니다.

(2022.4.12.)

문학박사 정지아는 누구인가?

누군가는 이 세상에 존재하는 소설은, 자기 이야기를 자기 이야기인 것처럼 쓴 것과 자기 이야기를 자기 이야기가 아닌 것처럼 쓴 것으로 나뉜다고 말하기도 했습니다. 이 말은 육화된 진실의 차원에서만 예술적 형상화가 가능한 소설에서, 작가의 체험이 그만큼 중요하다는 것을 강조한 말일텐데요. 오늘 이야기해보려고 하는 소설가 정지아는 빨치산의 딸로 태어나, 빨치산들의 삶과 후일담을 서사화해 온 것으로 유명합니다. 그녀는 우리 민족의 가장 아픈 상처에 해당하는 분단과 전쟁을 진지하게 그려온 정통파 리얼리스트인 거지요.

그랬던 정지아가 「문학박사 정지아의 집」(2021)에서는 작심하고 사람들을 웃기려 하네요. 일반적으로 유머는 불일치를 인식하거나(부조화 이론), 정서적으로 우월감을 느끼거나(우월성 이론), 혹은 정신적으로 이완되면서(방출 이론) 발생하는 것으로 알려져 있습니다. 「문학박사 정지아의 집」에서 발생하는 유머는 대부분 부조화에서 발생합니다. 부조화 이론에서 유머는 전혀 다른 개념이나 상황이 예기치 않은 방식으로 함께 일어날 때 발생합니다. 이를테면 위엄과 불경, 품위와 비속처럼 어울리지 않는 것들이 결합할 때 유머가 탄생하는 겁니다.

「문학박사 정지아의 집」에서 부조화는 '보여지는 자기'와 '존재하는 자기' 사이에서 발생합니다. 전자에 해당하는 것이 '고상하고 현명한 문학박사 정지아'라면, 후자에 해당하는 것은 '육두문자를 구사하는 아줌마 정지아'입니다. 처음 그녀는 산골 마을에서 단지 "그냥 이혼한, 직업도 딱히 없는, 좀 안 된, 해서 좀 봐줘야 할 아줌마"로 살아갑니다. 그러나 그녀가 '문학박사'라는 것이 산골에 알려진 이후부터 감당하기 어려운 부조화가 시작됩니다. "고향에 내려온 이래 밥벌이를 위해 인근 대학에서 하루나 이틀 강의를 하고, 그 돈으로 엄마와 개 두 마리와 고양이 네 마리를 돌보는 게" 일과의 전부였던 정지아는, "세상만사를 꿰뚫은 현자"로서 행세하게 되는 것입니다.

그런데 이러한 부조화의 상태는, 박경 시인의 페북에서 작가 정지아의 텃밭 사진을 본 일간지 기자가 산골 마을로 취재를 오면서 절정을 향해 치닫습니다. '세상만사를 꿰뚫은 문학박사' 정지아와 '좀 안 된 아줌마' 정지아 사이의 불일치는, 자발적인 "지리산 운둔자" 정지아와 "패배자의 포기 선언"으로 귀향한 정지아의 불일치로 확대되는 것입니다. '지리산 운둔자'의 모습은 "팔십 년대의 아이콘"과 같았지만, 21세기의 어느 순간 사어死語가 돼버린 "'진정성' 이라는 단어"와 연결되는 삶의 방식이기도 하네요.

정지아는 기자의 취재에 앞서, 잡초로 무성한 텃밭을 질서정연한 텃밭으로 만들기 위해 동네 사람들의 도움을 받습니다. 팔순이 넘은 동네 아주머니들이 "신들린 듯 김을" 맨 결과, 그녀의 텃밭은 잡초 하나 없는 '진정성 있는 운둔자'의 아름다운 텃밭으로 변합니다. 결국 정지아는 "진정한 작가, 진정한 소확행. 아름다운 은둔자 문학박사 정지아"라는 타이틀이 붙은 기사의 주인공이 됩니다. 작가로 잘나가던 시절에도 그녀의 기사는 "끽해봤자 사단"이었지만, 이번 기사는 "한 면 통째"로 나가기까지 하네요. "신문 사 분의 일만 한 크기의 그녀가 그녀를 바라보"는 장면에서는 '보여지는 정지아'와 '존재하는 정지아'의 불일치(분열)가 절정에 이릅니다.

테리 이글턴은 웃음이 "관념적인 이데아에 대한 미천한 의지의 일시적 승리를 대변한다"라고 말하기도 했습니다. 「문학박사 정지아의 집」에서 타인의 시선을 신경 쓰지 않으며 자신의 진정성을 추구하는 '은둔자 문학박사 정지아'가 '관념적인 이데아'에 해당한다면, 타인의 인정 욕망에 목을 매는 '불쌍한 범인凡人 정지아'는 '미천한 의지'에 해당한다고 볼 수 있겠죠. 이 작품에서는 '문학박사 정지아'라는 고매한 자아상이 '실제의 정지아'에 의해 부서지면서 유머가 발생합니다.

그런데 '보여지는 자기'에 집착하는 것은, '문학박사 정지아' 뿐만이 아니네요. 정지아의 텃밭 사진을 페북에 올려 정지아를 전국구 인물로 만든 박경 시인도 마찬가지입니다. 박경은 페북 때문에 몇 차례 홍역을

치렀음에도 불구하고, 이를 절대로 끊지 못합니다. "오해와 왜곡에도 불구하고 관심 없이는 살 수 없다"는 마음을 지닌 박경은 "그놈의 페북을 끊으면 죽는다"라고까지 생각하는 겁니다. 개개인이 1인 방송국이라고 할 만큼 SNS를 통한 소통이 일상화된 지금, '보여지는 자기'와 '존재하는 자기' 사이의 부조화는 일상이 되어가고 있습니다. 과연 우리는 문학박사 정지아를 보면서 맘껏 웃을 수 있을 만큼 '진정성' 있는 삶을 살고 있는 걸까요? 혹시 여러분도 저처럼 귓속이 간지럽지는 않으신가요?

(2022.5.2.)

뉴욕에서 살아가는 법

삼척동자도 아는 이솝 우화 「여우와 황새」로 오늘의 이야기를 시작해보면 어떨까요. 황새를 골려주려던 여우는 황새를 초대해서 납작한 접시에 음식을 담아냅니다. 입이 뾰족한 황새는 맛있는 음식을 구경만 하다 집에 돌아오고, 이후 복수를 위해 여우를 초대해서는 가늘고 긴 병에 음식을 담아옵니다. 당연히 여우도 음식을 먹지 못한 채 집으로 돌아가고 맙니다. 악의를 가지고 남을 골탕 먹여서는 안 된다는 교훈을 전달하는 우화일 텐데요. 저는 가끔씩 여우와 황새가 악의惡意가 아닌 선의善意를 가졌더라도 똑같이 행동했을 거라는 생각을 해봅니다. 매일 납작한 접시에만 음식을 먹던 여우가, 상대방은 가늘고 긴 병에 담긴 음식만 먹을 수 있다는 것을 떠올리는 것은 결코 쉬운 일이 아니니까요.

오늘 이야기하려는 은희경의 「우리는 왜 얼마 동안 어디에」(2022)도 '타인에 대한 이해'라는 문제를 탐색하고 있는 소설입니다. 승아는 영어 실력도, 돈도, 길눈도 없지만 열흘 일정으로 뉴욕을 방문합니다. 그곳에는 친구인 민영이 직장 생활을 하며 살아가고 있습니다. '타인에 대한 이해'라는 문제를 다루기에 뉴욕보다 적당한 도시도 아마 이 지구상에 존재하지 않을 겁니다. '인종 전시장'이라는 말이 대변하듯이, 뉴욕 New York City은 지구상의 그 어느 곳보다 다양한 인종과 민족을 볼 수 있는 곳이니까요.

외국에 머문다는 것은, 늘 개인이기 이전에 아시아인이나 한국인으로 존재하는 일이기도 합니다. 안타깝게도 한국인으로 살아가는 민영에게 뉴욕은 인종적 편견이 가득한 곳입니다. 민영은 이미 "남의 나라에서 취업을 준비하는 어려움과 수모"를 톡톡히 겪었으며, 하이킹 모임에서 만난 한 여성은 민영에게 "제3 세계의 온갖 사람들이 몰려드는 뉴욕"은 더 이상 미국이 아니라는 식의 이야기를 떠들어대는군요. 민영을 정말 가슴 아프게 하는 것은 평소 호감을 느끼던 마이크가 그 여성의 발언에 반박하기는커녕 오히려 귀를 기울인다는 점입니다. 민영은 이후에도 자전거 도난 사고 등을 겪으며, 자신이 마이크에게 느꼈던 호감이 "자의적인 해석"에 바탕한 오해일 수도 있다는 것을 깨닫습니다. 어쩌면 비행기로 14시간을 날아가야만 닿을 수 있는 거리를 두고 성장한 남녀가 '오해가 아닌 이해'에 도달한다는 것은, 처음부터 불가능에 가까운 일이었는지도 모르겠습니다.

오해는 심지어 오랜 친구 사이인 민영과 승아 사이에서도 발생합니다.

개방적인 성격이 아닌 민영은, 평소에 승아가 "상냥함이 지나쳐 남의 일에 관심도 과한 편"이라는 불만이 있었습니다. 이런 민영의 선입견을 증명이라도 하려는 것처럼, 승아는 민영의 집에 도착한 지 이틀 만에 민영의 허락도 없이 대청소를 합니다. 며칠 후에는 대청소도 모자라다는 듯이 민영을 위한 대량의 해독 주스를 만드는데요. 그것은 민영의 집에 있는 모든 플라스틱 통, 칼, 도마, 냄비를 꺼내서는 몇 번이나 끓이고 덜어내고 끓이기를 반복하는 번잡한 과정을 필요로 합니다. 회사에서 돌아왔을 때, 난장판이 된 집과 마주한 민영은 "왜 저렇게 한결같이 경계라는 게 없을까"라는 불만을 승아에게 갖습니다. 이상적인 인간관계란 "각자 자기의 자리에서 미소를 보내고 손을 흔들면 되었다"라고 생각하는 민영에게, 승아의 오지랖 넓은 모습은 "피곤"하게 느껴질 뿐이네요. 그러나 "좁고 낡은 집과 더위에 갇혀"서 집을 청소하고 해독 주스를 만든 자신에게 짜증만 내는 민영을 보며, 승아는 "오랜 시간 민영의 이기심에 상처를 받"아온 자신이 이번에도 "자기 위주"의 민영에게 상처를 받았다고 생각합니다. 이러한 민영과 승아의 모습은 이솝 우화에 등장하는 여우와 황새의 모습과 비슷해 보입니다.

그렇다면 이 지긋지긋한 오해의 늪에서 벗어나는 방법은 없는 걸까요? 「우리는 왜 얼마 동안 어디에」는 그 방법으로 타성화된 자신을 성찰해볼 것을 제안합니다. 그것은 민영의 "왜 얼마 동안 어디를 생각해봐. 거기에 대답만 잘하면 문을 통과할 수 있어"라는 말에 압축되어 있습니다. 우리는 공항을 통과할 때마다, "왜 왔습니까? 얼마 동안 머뭅니까? 어디에 갑니까?"라는 공항 직원의 질문에 답변해야만 합니다. 은희

경은 국경을 넘을 때만이 아니라, 존재의 벽을 넘을 때도 스스로에게 이러한 질문을 던져보아야 한다고 제안하고 있네요. 그것은 자신에 대한 성찰을 통해 늘 깨어있어야 한다는 것을 의미하겠지요. 내일 아침에는 눈을 뜨자마자, 가장 먼저 거울 속의 나를 향해 "왜? 얼마 동안? 어디에?"라는 질문을 해봐야겠습니다.

(2022.5.10.)

속죄와 우울

김중혁은 어딘가에 존재할 것 같은 이야기가 아니라 어딘가에 존재하지 않을 것 같은 이야기를 집요하게 발견하거나 발명하는 작가입니다. 그는 20여 년의 작가 생활 동안 '한 방향으로만 움직이는 자전거', '손으로 만지는 막대 지도', '면접관을 시험 보는 응시생'처럼 낯설지만 결국에는 고개를 끄덕이게 하는 이야기를 끊임없이 창작해왔습니다. 이러한 이야기가 더욱 의미 있게 다가왔던 것은, 그것이 말초적인 흥미를 자극하는 휘발성 재미가 아니라 삶에 대한 음미를 가능케 하는 예술적 깊이를 동반하고 있었기 때문입니다. 최근에는 독특한 이야기들이 인생의 비의秘意를 성찰케 한다는 점에서 더욱 주목을 받고 있습니다.

「휴가 중인 시체」(2022)도 특이한 제재를 통해 삶의 진실을 다룬다는 김중혁 소설의 서사 시학이 전형적으로 드러난 작품인데요. 스쿨버스 운전사였던 주원은 특이하게도 '나는 곧 죽는다'라고 쓰인 플래카드가 걸린 버스를 타고 전국을 돌아다닙니다. 주원은 술이 온전히 깨지 않은 상황에서 운전을 하다가 어린 학생을 죽일 뻔한 사고를 낸 것입니다. 주원이 주기적으로 일으키는 발작에서 알 수 있듯이, 주원은 결코 그 사건으로부터 벗어나지 못합니다. 그는 양손으로 자신의 뺨을 때리고 유리창에 머리를 찧으며, 그것도 모자라 고해성사하는 죄인의 탄식 같은 괴성을 지르며 돌아다닙니다.

더욱 중요한 것은 주원이 실수에 불과할 수 있는 그 사건에서 의식적으로 벗어나려 하지 않는다는 점입니다. 주원은 그 사건과 일체화된 삶을 사는 것이 윤리라고 생각하며, 아마도 자신의 인생 전체를 통해 "죄사함"을 받고자 하는 것인지도 모르겠습니다. 그렇기에 주원은 자신을 "유폐"시킨 버스에서 죽어야 한다고 다짐하며, "여기가 내 관이고, 무덤이고, 천국이고, 지옥"이라고 선언한 것일 테지요.

논픽션 작가인 '나'는 텔레비전에서 처음 주원을 봤을 때부터 "거울 속에 있는 나를 보는 것 같았다"라고 느낍니다. 이러한 동질감은 '나' 역시 과거에 결박된 존재이기 때문에 가능한 일입니다. 주원이 과거의 고통에 묶여있다면, '나'는 과거의 영광에 묶여있습니다. '나'는 스물아홉에 경제인들의 인터뷰집을 출간해 돈도 많이 벌고 유명세도 얻었던 "전성기"가 있었습니다. 그러나 이후로는 내리막길만 걸어왔으며, 그렇기에 그 '전성기'는 더욱 강력한 힘으로 '나'를 옭아매고 있는 것입니다. '나'는 "이제 와 하는 말이지만 그때 죽었어도 하나도 이상할 게 없었다"라고까지 생각합니다. '나는 곧 죽는다'고 쓰여 있는 플래카드가 걸린 버스를 타고 함께 여행하는 주원과 '나'는 과거에 붙들려 죽음만을 생각하는 일종의 '시체들'인지도 모르겠습니다.

　동행하는 내내 둘은 셰익스피어 작품 속의 대사를 주고받으며 시간을 보냅니다. 과거(죽음)에 결박된 그들에 의해 해석되고 발화되는 셰익스피어는 온통 죽음의 색깔에 물들어있네요. 둘의 대화를 채우는 문장들은 "지금부터 내 몸이 너의 칼집이구나. 단검아, 그 속에서 녹슬어서 나를 죽게 해다오"나 "죽음만이 우리를 치료해줄 의사라면 죽는 것만이 유일한 처방이야"와 같은 것들입니다. 대표적인 사랑 이야기로 널리 알려진 셰익스피어의 「로미오와 줄리엣」도, 이들에게는 "사랑 이야기가 아니라 버림받고 남겨지는 이야기"일 뿐입니다.

　결국 둘의 동행은 어느 순간 끝나고, 그러한 이별은 그들을 옭아맨 과거를 대하는 방식의 차이에서 비롯됩니다. 주원은 마지막까지 자신이 저지른 실수와 자신을 일체화시키는 방식으로 윤리적 책임을 다하려 하는군요. 이러한 태도 속에 담긴 진정성은 충분히 존중받아야 하지만, 그 우울증적 태도 속에 담긴 한없는 무력과 어둠은 치명적인 것이기도 합니다. 주원이 자신의 방식을 끝까지 밀어붙인다면, 아마도 주원의 버스가 도착할 목적지는 죽음이라는 허방뿐일지도 모르니까요.

　마지막에 이르러 '나'는 주원과 달리 새로운 가능성을 모색하는군요. 그것은 주원과 나누었던 대화를 기록한 공책을 불 속에 던져넣는 모습을 통해 상징적으로 드러납니다. 공책을 불 속에 던지기 전에, '나'는 주원이 했던 것처럼 자신의 뺨을 때리며 버스에 매달려 끌려갔던 아이를 생각합니다. '나'는 주원의 행위를 반복하여 그의 감각과 생각까지도 그대로 추체험하는 것입니다. 이를 통해 "그렇게 자신을 벌준다고 해서 죄가 없어지는 것은 아니다"라는 어찌 보면 평범하지만 그렇기에 더욱 절실한 결론에 도달합니다. '나'의 새로운 공책에는 속죄의 당위와 그에 따른 우울의 어둠까지도 충분히 사유된 애도의 이야기가 가득하기를 간절히 기대해봅니다.

(2022.5.17.)

보고 싶은 것만 보고,
믿고 싶은 것만 믿는 사람들

언젠가부터 강의가 유독 힘들었던 날이나 회의가 겹쳐 녹초가 된 몸으로 귀가한 날에는, 유튜브 앞에서 많은 시간을 보내고는 합니다. 놀라운 건 유튜브가 제 맘을 엿보기라도 한 것처럼, 제 관심사로 가득한 영상만 골라서 추천해준다는 것입니다. 누구나 한번쯤은 경험해보았을 이러한 일을, 인공지능AI 알고리즘 때문에 가능하다고 합니다. 주지하다시피 인공지능 알고리즘이란 사용자의 개인 정보와 이용 기록, 선호도 등 대량의 정보를 분석해 맞춤형 콘텐츠나 광고를 보여주는 기술을 말합니다. 이러한 기술을 통해 우리는 '나'에게 익숙한 세상에는 점점 더 익숙해지고, 낯선 세계와는 점점 더 멀어지게 됩니다. 인공지능 알고리즘을 포함한 다양한 미디어 기술은 제한된 리얼리티를 이 세상의 전부로 받아들이게끔 사람들을 유혹합니다.

한국 문단의 대표적인 이슈 메이커인 장강명의 「당신이 보고 싶어 하는 세상」(2022)은 인공지능 알고리즘 등의 기술이 더욱 강력해진 미래를 배경으로 한 SF입니다. 이 작품에 등장하는 '에이전트'라는 도구는, '자신이 보고 싶어 하는 세상'이나 '타인에게 보여주고 싶은 세상'만을 보여주는 장치입니다. 이 장치는 흐린 날도 쾌청한 날로 바꾸어 보여주고, 타인의 언행도 자신이 보기 원하는 방식으로 고쳐서 보여주는 일을 하네요. 에이전트를 통해 매개된 세상에서 '나'를 불편하게 하거나 거북하게 만드는 것은 존재하지 않습니다. 에이전트는 '알고 싶은 것'만을 알고, '보고 싶은 것'만을 보고, '믿고 싶은 것'만을 믿는 일이 가능하도록 해줍니다.

「당신이 보고 싶어 하는 세상」의 주요한 배경인 크루즈는 에이전트의 작용이 극단적으로 이루어지는 공간입니다. 선거 결과를 인정할 수 없는 사람들은 크루즈를 빌려, 에이전트 증폭기를 설치합니다. 그들은 자신이 지지한 후보가 선거에서 떨어졌다는 사실을 절대 인정하지 않습니다. 대신 그들은 "지지하는 후보가 대통령으로 선출되었다는 커다란 농담"을 즐기며 전 세계를 돌아다닙니다. 에이전트 증폭기는 배 안의 사람들이 접하는 모든 언론 기사와 인터넷 게시물, 소셜 미디어 포스트를 적절히 바꾸어주며, 이를 통해 그들이 지지한 후보는 멋진 정치적 승리의 드라마를 써나가는군요.

세상과는 고립된 바다 위의 배에서 자기들만의 환상에 빠져 자족하는 이들을 딱히 욕해야 할 이유도 찾기 힘들어 보이는데요, 안타깝게도 이 공동체에는 치명적인 한계가 있습니다. 그것은 이 공동체의 존속을 불가능하게 하는 원리가, 다름 아닌 이 공동체를 성립하게 하는 원리라는 점입니다. 이들은 실제와는 무관하게 자신들의 신념을 절대시하는 자들로서, 이들에게 세상이란 자신들의 거울상 정도에 불과합니다. 그렇기에 이들이 공통의 신념에 따라 한때 공동체를 형성할 수 있었다 하더라도, 이 공동체는 각자의 신념이 조금만 달라지면 언제든지 무너질 수밖에 없습니다. 이들은 자신들이 믿는 리얼리티와 현실의 리얼리티 사이에 차이가 발생했을 때, 에이전트를 통해 자신의 리얼리티만을 절대화하는 것에 익숙하기 때문입니다. 그렇기에 각자의 차이를 조정할 아무런 경험이나 능력도 없는 것입니다. 실제로 작품에서도 항해 일정을 연장하자는 사람들과 그만 집으로 돌아가자는 사람들은 서로 대립하고, 결국에는 어떠한 타협점도 찾지 못한 채 서로 갈라서게 됩니다.

언제부턴가 세상에는 일부의 사람들만 진실이라고 믿는 가짜 뉴스fake news가 넘쳐나고 있습니다. 이처럼 각자가 믿는 것만을 진실로 우기는 세상을 가리켜 누군가는 '포스트 트루스post-truth 탈진실의 시대'라는 표현을 쓰기도 했는데요. 어쩌면 인공지능 알고리즘이나 에이전트 같은 도구가 없더라도, 인간이란 본래 '보는 것을 믿는 것'이 아니라 '믿는 것을 보는 것'에 익숙한 동물인지도 모릅니다. 다만 21세기에 본격화된 미디어 혁명은 그러한 성격에 가속도를 붙이고 있는 것은 아닐까요? 이런 측면에서 장강명의 「당신이 보고 싶어 하는 세상」은 저 먼 미래의 이야기라기보다는 '지금-여기'의 이야기라는 느낌이 강하게 듭니다. 아마도 이러한 느낌을 주는 것이야말로 SF의 진정한 존재 의의일 겁니다.

과연 인간은 합의된 리얼리티에 도달할 수 있을까요? 그 이전에 보편 타당한 리얼리티란 세상에 존재하는 것일까요? 가정환경, 교육 배경, 인간관계 등이 다른 인간들은 자신만의 고유한 신념이나 가치관을 가질 수밖에 없습니다. 때로 그러한 신념이나 가치관은 서로를 향한 선입견이나 편견으로 작용하기도 하는데요. 그렇지만 모든 인간이 완전히 동질적인 존재라면, 우리는 만날 이유가 없을 것입니다. 그렇다고 모든 인간이 완전히 이질적인 존재라면, 우리는 만날 방법이 없을 것입니다. 우리는 어느 정도 같고 어느 정도 다르기 때문에, 이렇게 서로 만나야 하고 서로 만날 수 있는 것이겠지요. 서로의 동질성과 이질성에 조금 더 관대해질 때, 우리는 에이전트 따위가 없이도 편안하게 지구를 유람할 수 있을 겁니다.

(2022.5.23.)

코로나만 아니었다면 우리는 행복했을까?

지금까지 6억 명에 이르는 세계인이 코로나19에 감염되었으며, 코로나19로 인한 사망자는 무려 650만여 명에 이릅니다. 우리나라도 적지 않은 피해를 입었음은 여러분 모두가 아는 사실입니다. 시대의 거울을 자처하는 소설이 코로나19를 담아내지 않는다면, 그것은 일종의 직무 유기겠지요. 그러나 소설이라는 장르의 특성상 그 형상화에는 약간의 거리(시간)가 필요하기에, 코로나를 다룬 소설들은 작년 말에 이르러서야 조금씩 창작되고 있는 형편입니다. 대표적인 작품으로는 히키코모리가 겪는 코로나 시대를 그린 김경욱의 「누군가 나에 대해 말할 때」(2021)와 오늘 이야기해보려는 이주혜의 「우리가 파주에 가면 꼭 날이 흐리지」(2021)를 들 수 있을텐데요.

먼저 눈에 띄는 「우리가 파주에 가면 꼭 날이 흐리지」의 미덕은 누구나 겪어온 코로나 시대의 실감을 생생하게 전달한다는 점입니다. 생각만 해도 몸부터 움찔해지는 코로나 검사, 공범임을 의심받는 듯한 야릇한 느낌의 밀접 접촉자 통보, 올 것이 오고야 말았다는 체념마저 불러일으키는 양성 반응, 자가 격리라는 긴긴 외로움의 시간 등등. 코로나19와 함께 3년여의 시간을 보낸 사람이라면 누구나 공감할 만한 장면이나 사건들이 빼곡하게 드러나 있는 것입니다. 자녀들의 학부형으로 만난 지원, 수라 언니, 미예는 오랫동안 "우리"로서 다정하게 어울리고는 했습니다. 그런데 아버지와 사별한 미예를 위로하기 위해 파주의 장어구이집에서 만난 며칠 후에, 수라 언니로부터 자기 남편이 코로나 양성 판정을 받았다는 연락을 받으면서 모든 일은 시작됩니다. 이후 양성 판정을 받은 수라 언니와 미예는 생활치료센터로 이송되고, 음성 판정을 받은 지원은 밀접 접촉자가 되어 자가 격리에 들어갑니다. 이상은 우리에게 너무나 익숙한 코로나 시대의 풍경일 테지요.

그러나 「우리가 파주에 가면 꼭 날이 흐리지」의 진정한 의미는 그러한 코로나 시대의 풍경을 보여주는 것에 머물지 않습니다. 오히려 코로나 시대가 만들어낸 모종의 착각을 매우 섬세하게 파고드는 것이야말로 이 작품의 진경에 해당합니다. 우리는 흔히 '코로나 이전'과 '코로나 시기'라는 이분법을 설정한 후에, '함께였던 과거'와 '고립된 현재'라는 이분법을 내세우고는 합니다. 그런데 과연 코로나19가 없던 시기에 우리들은 한데 어우러져 행복하기만 했던 걸까요? 슬라보예 지젝은 우울증자는 무언가를 상실했다고 괴로워함으로써, 실은 한 번도 소유하지 못했던 것을 상상으로나마 소유하는 자라고 말합니다. 지젝의 말에 비춰본 다면, 코로나19가 가져온 고립과 고독에 대한 과잉된 의식 속에는, 어쩌면 한 번도 가져본 적 없는 진한 유대에 대한 상상적 갈망이 담겨있는지도 모릅니다.

지원은 아파트에서 혼자 격리의 시간을 보내며 자명한 것으로 보였던, 수라 언니, 미예와 만들어 나갔던 '우리'에 대해 다시 생각해보게 됩니다. 10여 년 전 학부모 참관수업에서 처음 만난 셋은 뜨개질과 자수를 함께 배우거나 매운탕에 낮술을 마시며 단단한 공동체를 만들어왔다고 자부해왔습니다. 그러나 그 단단한 '우리' 안에는 분열과 혐오가 은근하지만 매우 선연하게 새겨져 있었는데요. 일테면 실업계 고등학교를 나와 방송대에 다니는 미예는, 공부 잘하는 것이 무의미하다며 나중에 딸에게 카페나 하나 차려주겠다고 말하는 부유한 수라 언니를 결코 이해(용서)하지 못했던 것입니다. 이런 식으로 '우리'라고 여기던 지원, 미예, 수라 언니는 사실 모두 자기만의 시선과 입장의 섬에 '고립'돼 있었을 뿐이네요.

나아가 「우리가 파주에 가면 꼭 날이 흐리지」에는 코로나19 이전의 가족이나 사회 역시도 결코 '우리'로 불릴 만한 우애와는 거리가 있었음이 드러납니다. 혼자서 아이를 낳고 키워냈던 독박 육아의 기억들 역시 지원에게는 선명한 "고립"이었습니다. 여자와 엄마로서 살아가며 광장 한복판에서 수없이 경험했던 여성 혐오의 상처 역시 지원에게는 생생한 "고립"으로 떠오르는군요. 그리고 보면 지원은 코로나로 인해 아파트에 홀로 격리된 지금에 와서 '고립'된 것이 아니라, 이미 오래전부터 '고

립'되어 있었던 것입니다.

　결국 자가 격리의 그 긴긴밤들을 견디며 지원은 코로나19보다 더욱 무서운 바이러스에 이미 충분히 침윤되어 있었음을 깨닫게 됩니다. 그 것은 "우릴 자꾸 고립시키고, 왜 저러고 사나 싶게 만들고, 경멸하기 좋 은 얼굴로 변모시키고, 끊임없는 자기 증명의 압박을 가하는 이 병의 이 름은 무엇일까? (중략) 이 바이러스의 진짜 이름은 무엇일까?"라는 지원 의 절규에 가까운 의문 속에 분명히 새겨져 있습니다. 우리를 불행하게 만드는 것은 결코 코로나19 바이러스만은 아니었던 겁니다. 마지막에 지원이 드디어 38.8도의 "열이 당도했다"라고 안도하는 모습은, 우리를 고립시키고 서로를 경멸하게 하는 바이러스야말로 코로나19보다도 독 한 바이러스라는 생각을 하게 만듭니다. 코로나19는 물론이고 고립과 분열의 바이러스마저 눈 녹듯이 사라지기를 두 손 모아 바라며 이 글을 마칩니다.

(2022.8.19.)

세상에서 가장 아름다운 꿈

인간은 죽음 이후를 상상하는 유일한 생명체입니다. 인간이라면 누구나 죽음 이후에 자신이 특별한 의미를 지닌 존재로 기억되기를 원합니다. 인간이 객사客死를 꺼리는 이유 역시 자신이 죽은 이후에 의미 없는 존재로 떠돌게 되는 것을 두려워하는 마음 때문이겠지요. 또한 모든 내러티브가 결말을 통해서만 최종적인 의미를 갖게 되는 것처럼, 인간의 궁극적인 정체성이나 삶의 의미 역시도 죽음이라는 절대적 순간을 통해 결정된다고 할 수 있습니다.

오늘 이야기하려는 김멜라의 「제 꿈 꾸세요」(2022)는 사후死後에도 인정받고자 하는 강렬한 욕망, 즉 삶의 의미를 부여받고자 하는 거창한 욕망으로부터 자유로운 주인공이 등장하는 소설입니다. 무엇보다도 자살이라고 해도 무방한 죽음이라는 심각한 문제를 이토록 맑고 밝은 상상력으로 갈무리할 수 있다는 것이 놀라움을 자아냅니다. 특정한 문장이나 대목을 뽑아내는 것이 무의미할 만큼 작품 전체가 온통 참신하고 흥미로운 표현으로 가득한데요. 죽음의 사자使者인 챔바는 "가슴 주머니에 노란 실로 '챔바챔바'라는 글씨가 박음질돼 있"다고 묘사되며, 죽음을 맞이해 공중에 떠 있던 순간은 "첫 주문 시 할인 쿠폰을 쓸 수 있는 신규 가입자의 혜택 같은 것"이라고 비유된 것 등을 구체적인 예로 들 수 있겠지요.

이처럼 산뜻하고도 참신한 표현이 휘발성 재미로 소모되어버리는 것이 아니라, 삶의 참된 윤리의 문제로까지 연결된다는 점이야말로 「제 꿈 꾸세요」의 진정한 가치라고 감히 말하고 싶습니다. 죽음이라는 절대적 사건을 맞이한 후에도 자신의 정체성과 인과에 얽매이기보다는 자신과 이어진 사람의 꿈으로 가 그들을 즐겁게 해주고 싶어 하는 마음은 어쩌면 한국문학이 가닿은 가장 본원적 차원의 윤리라고도 할 수 있지 않을까요? 김멜라의 「제 꿈 꾸세요」는 귀여운 표현과 문장으로 읽는 내내 독자를 미소 짓게 하지만, 결국 소설을 다 읽은 후에는 한 번쯤 눈물을 찍어내게 하는 독특한 매력으로 가득한 작품입니다.

주인공 '나'는 혼자 사는 30대 무직 여성으로서 "켜켜이 쌓인 삶의 질곡들과 내가 나를 찢고 소각해버리고 싶게 만드는 과거의 크고 작은 수치심"으로 여러 차례 자살을 시도하다가 실패합니다. 아이러니하게도 '나'는 별다른 의도 없이 아몬드크런치크랜베리초코바를 먹다가 질식해서 죽는데요. 사망 순간 조선 시대로 따지면 저승사자에 해당하는 '챔바' 라는 이름의 가이드가 나타납니다. 챔바는 '내'가 자신의 상상력 안에서 다른 사람의 꿈으로 갈 수 있는 능력이 있다며, 다른 사람의 꿈에 들어가 그 사람으로 하여금 죽어있는 자신을 발견하게 하라고 조언합니다. 죽은 몸을 떠나 '길손'이 된 '나'는 우선 자신의 죽음을 발견해줄 누군가에게 자신의 부고를 알려야만 하는 것입니다.

처음에는 자살 시도 때마다 자신을 찾아와 슬퍼했던 엄마, 다음에는 자신을 위해서 발가락 하나 정도는 내줄 수 있다고 말했던 단짝 친구 규희, 마지막에는 서로의 벗은 몸을 본 동성 연인 세모를 떠올립니다. 보통의 경우라면 필사적으로 그들에게 자신의 죽음을 알리고, 빨리 자신이 원하는 방식의 죽음(어쩌면 삶)을 조형하고자 노력할텐데요. 그러나 엄마, 규희, 세모에 대한 애정과 그들에게 트라우마를 안겨주고 싶지 않다는 마음 때문에, '나'는 그들이 자신의 주검을 발견하도록 하지 않네요. 엄마는 자살 시도 때마다 누구보다 고통을 받았기에, 규희는 키가 크다는 이유만으로 늘 형광등을 도맡아 갈았기에, 세모는 자기와 같은 성향의 사람들은 결국 이렇게 끝날 수밖에 없다고 자책할까 봐, 그들에게 자신의 죽음을 알리지 않기로 결심하는 것입니다.

이러한 결단은 자신의 죽음에 특별한 의미를 부여하지 않겠다는 행위에 해당하는 것이기도 합니다. '나'는 삶의 의미를 확정 짓고 자신의 정체성을 부여하기보다는 "나라는 존재를 빈 괄호"로 둘 것을 결심합니다. "내 죽음의 경위와 삶의 이력들을 오해 없이 완결"하는 대신, '나'와 이어진 사람의 꿈으로 가 그들을 즐겁게 해주기로 마음먹은 것이네요. 혹시라도 자신과 인연을 맺었던 사람들이 '나'의 시신을 발견하여

고통을 당하는 대신, 그들의 꿈속으로 가서 "일어났을 때 웃게 되는 꿈"을 꾸도록 한 것입니다. 이러한 결단은 상징적 죽음을 유예하는 것이며, 나아가 자신의 삶을 영원한 무의미의 상태로 남겨둔다는 점에서 결코 가벼운 결단일 수는 없습니다. 혹 돼지에 깔려 죽는 꿈이라도 꾼다면, 그 꿈은 자기의 삶(죽음) 전체를 희생하면서까지 당신을 기쁘게 해주고 싶어 한 누군가의 따뜻한 마음 때문인지도 모를 일입니다.

(2022.9.8.)

옥미 씨, 당신의 삶을 응원합니다

최근 한국문학계에는 노년의 인물을 주요 인물로 내세워 그들이 당면한 문제와 갈등을 천착하는 노년 소설이 적지 않게 창작되고 있습니다. 청춘의 감각과 인식에 의해 뒷받침된 이야기가 주류를 이루었던 한국 현대문학사에서는 낯선 현상이라고도 할 수 있는데요. 노년이 문제가 된다는 것은, 고령화 사회로 접어든 지금의 현실을 반영하는 동시에 한국 현대문학의 성숙과 발전을 증명하는 것이라고도 볼 수 있을 겁니다. 흔히 노년 소설은 노인들이 겪는 질환이나 외로움 혹은 다가올 죽음 등의 문제를 다루고는 합니다. 이때 소설은 차분하면서도 진지한 분위기를 보이는 경우가 대부분이지요.

오늘 이야기하려는 백수린의 「아주 환한 날들」(2021)의 주인공 옥미

씨는 어두운 분위기의 노년과는 거리가 멉니다. 남편을 대장암으로 잃은 이후 자신이 정한 일과를 한 치의 어긋남도 없이 지켜내는 그녀의 삶은, 수도자의 삶과도 같이 단단하고 차분한데. 노년에 이르렀다고 해서 고통으로 가득한 삶만이 허용되어야 하는 것은 아닐 겁니다. 최근 도쿄대 명예교수인 우에노 지즈코는 『집에서 혼자 죽기를 권한다(在宅ひとり死のススメ)』에서 혼자 사는 노인에 대한 시선이 '불쌍하다'에서 '편해 보인다'로 변했다고 주장합니다. 나아가 여러 가지 통계자료와 설문조사를 바탕으로 자신이 살던 집에서 편안하게 죽는 것이 가장 현명하다는 파격적인 주장까지 하고 있는데요. 저녁이면 천변을 1만 보씩 걷고 편안한 잠에 드는 옥미 씨야말로 지즈코가 말한 새로운 독거노인, 즉 '불쌍한' 것이 아닌 '편안한' 노인에 해당한다고 말할 수 있지 않을까요. 많은 시집 식구를 건사하고 무능한 남편 대신 사람들과 부딪치며 가정을 꾸려온 옥미 씨에게, 혼자 있는 시간은 누군가를 뒤치다꺼리하거나 누군가로부터 귀찮은 잔소리를 들을 필요도 없고, 솔직한 마음을 전했다고 뜻하지 않은 비난을 받을 일도 없는 편안하고 아늑한 시간일 뿐입니다.

이처럼 "평온하고 고요한" 혼자만의 시간을 보내던 옥미 씨에게 큰 변화가 찾아옵니다. 그러한 변화는, 아이들이 앵무새와 익숙해질 준비를 할 동안 앵무새를 맡아달라고 사위가 부탁을 하면서 시작되는데요. 혼자 사는 장모의 적적함까지 고려하며 사위는 앵무새를 맡긴 것이지만, 조금도 적적하지 않았던 그녀는 시도 때도 없이 시끄럽게 울어대기나 하는 앵무새가 처음에는 조금도 반갑지 않았습니다. 또한 앵무새를 돌보는 일은 고역이어서 일주일 만에 살이 3킬로그램이나 빠질 지경이네요. 그러나 앵무새와의 시간은 평생 생존에만 매달리며 관계 맺기에는 서툴렀던 옥미 씨의 삶에 놀라운 변화를 가져옵니다. 그토록 힘들게 하는 앵무새이지만, 곧 정이 들어서는 앵무새가 귀여워 보이는 믿기 힘든 일이 벌어지기까지 하니까요. 앵무새도 이에 호응하는 듯 그녀의 배 위에서 기분 좋게 졸기도 합니다. 나중에 사위가 한 달 더 맡아달라고 했을 때는, 흔쾌히 그 부담을 들어주고 이전보다도 더욱 극진히 앵무새를 돌봅니다.

이를 통해 "스스로가 이 세상과 제대로 조화를 이루지 못하고 떨어져 나온 부스러기처럼" 느껴졌던 옥미 씨는, 앵무새와 산책하면서 자신을 바라보는 사람들의 시선을 처음으로 태연하게 받아들입니다. 무엇보다도 중요한 것은 앵무새와의 관계를 통해, 옥미 씨의 가장 큰 상처이기도 한 딸 인서와의 엇나가는 관계가 상상적인 방식으로나마 회복된다는 점입니다. 이 작품에는 앵무새를 돌보는 것이 결국 엇나가버린 딸과의 관계를 돌보는 것이라는 암시가 따라다니고 있는데요. 처음 그녀가 앵무새를 맡기는 사위의 부탁을 거절하지 못한 가장 중요한 이유도 어린 시절 인서가 기르던 닭들을 없애버린 기억 때문이었습니다.

결국 시간이 지나 사위는 앵무새를 가져갑니다. 그러나 그녀는 "그 시절, 그녀에게는 틀림없이 앵무새가 전부"였고, "앵무새에게도 그녀가 전부"였음을 깨닫습니다. 나아가 '혼자만의 시간'을 그토록 즐기던 그녀는, "사람들은 기어코 사랑에 빠"지며, "그렇게 되고 마는 데 나이를 먹는 일 따위는 아무런 소용이 없었다"라고 고백합니다. 옥미 씨는 앵무새를 한 달간 돌본 것이 아니라, 어쩌면 처음으로 관계 속에서만 가능한 '사랑'이라는 것을 경험한 것인지도 모릅니다. 백수린의 「아주 환한 날들」은 인생의 '아주 환한 날들'은 말년의 고독한 시간 속에서도 얼마든지 가능하다는 것, 동시에 다른 존재와 함께하는 말년의 삶 역시 '아주 환한 날들'일 수 있다는 것 등을 유려하게 보여줍니다. 앵무새를 통해 처음으로 사랑에 눈을 뜬 옥미 씨의 삶에 잔잔한 응원의 메시지를 보냅니다.

(2022.9.19.)

아버지의 마지막 목소리

2004년 단편 「피어싱」으로 제2회 대산대학문학상을 수상하며 등단한 작가 윤고은은 기발한 상황 설정과 발랄한 표현으로 독자와 문단의 주목을 받아왔습니다. 일테면 돈을 받고 꿈을 대신 꿔주는 사람이 등장하거나(「박현몽 꿈 철학관」), 뉴욕의 노숙인들이 동사하지 않도록 비행기에 실어 하와이로 보내거나(「알로하」), 혼자 밥 먹는 법을 가르치는 학원이 등장하는 식(「1인용 식탁」)의 이야기를 선보여왔던 것입니다. 2021년에는 장편 『밤의 여행자들』(2013)로 영국의 대표 추리문학상인 대거상을 수상하여, 그 문학성을 세계적으로 인정받기도 했지요.

「콜럼버스의 뼈」(2022)는 소재의 기발함을 넘어서 인생의 진실을 잔잔한 여운과 함께 전달하는 작품입니다. 주인공 '나'는 아버지를 찾아

소 울음 들리는 산촌이 아니라 저 멀리 스페인의 세비야Sevilla까지 갑니다. 모두가 알다시피 세비야는 스페인 남부 안달루시아 지방의 중심지로 투우와 플라멩코로 유명한 곳이지요. 그러나 이 작품은 보통의 여행소설처럼 관광지의 볼거리를 바탕으로 흥미를 유발하는 식의 서사와는 거리가 멉니다. 그녀는 '관광객'이 아니라 자신의 "뿌리와 역사"(아버지)를 찾으려고 유라시아 대륙을 건너온 의지의 인물이니까요.

친부모가 누구인지도 모르며 성장한 그녀는, 자신이 태어났을 무렵 이제 막 30대가 된 아버지의 사진과 아버지가 살았다는 스페인 집의 주소 하나만을 가지고 있습니다. 그녀는 아버지가 살았다는 곳을 찾아가지만, 그곳에는 아버지의 어떤 흔적도 남아있지 않네요. 주 정부 청사에서 지금 실정에 맞게 정정한 주소를 가지고 찾으려 해도, 지금 자신의 나이와 같았던 서른 살의 아버지가 살았던 흔적은 어디에서도 찾을 수가 없습니다.

이후 어떤 관광 명소도 찾지 않던 그녀는 유일하게 세비야의 대성당만은 가보고자 합니다. 그녀가 대성당에 주목하는 이유는, 그 대성당이 세계에서 세 번째로 큰 성당이라거나 유네스코 세계유산으로 유명하기 때문이 아니라 크리스토퍼 콜럼버스의 유해가 안치되어 있기 때문입니다. 콜럼버스의 유골은 세 번(스페인성당 → 도미니카공화국 → 쿠바 → 세비야 대성당)이나 이장을 했는데, 어느 것이 진짜 콜럼버스의 유해인지는 지금까지도 논란이 되고 있지요. 도미니카 사람들은 여전히 콜럼버스는 도미니카에 누워있다고 주장할 정도니까요. 「콜럼버스의 뼈」에서는 콜럼버스의 뼈가 진짜 콜럼버스의 것인지를 찾는 일과 '내'가 아버지의 행적을 찾는 일이 병치되어 있습니다.

이 작품에서 "콜럼버스의 이야기는 여러모로 아버지의 것과 닮아있"으며, 세비야에 남은 아버지의 행보를 되밟는 일은 "아버지의 것인지 아닌지도 확실치 않은 뼈를 하나씩 부수면서 어떤 흔적을 찾으려 애쓰"는 일로 의미 부여됩니다. 안타깝게도 두 가지 일은 모두 성공에 이르지 못하는데요. 2003년에는 콜럼버스의 뼈 일부를 DNA 검사까지 하는 소동이 벌어졌는데요. 그 소동 끝에도 콜럼버스 뼈의 진위는 분명하게 드러나지 않았으며, 그녀 역시 아버지를 찾으려 노력하지만 결국에는 아버지가 정말 여기에 살았을까 하는 의구심만 남습니다.

그러나 세비야에서의 날들이 그녀에게 무용했던 것만은 아닙니다. 그녀는 아버지 대신 두 번이나 아버지의 주소지에서 만난 스페인 남자 콜롬을 통해 새로운 깨달음에 이르니까요. 콜롬과 그의 두 남동생 그리고 두 명의 누나는 일찌감치 자신들이 한 아버지의 자식들이 아니라는 걸 알고 있지만, 그들 모두는 누구보다 화목하게 지냅니다. 이것은 콜롬 남매의 서류상 아버지가 자신의 친자식이 누구였는지를 잊어버릴 정도로 '핏줄'에 집착하지 않는 사람이었기에 가능했던 일입니다. 이러한 콜롬 가족과 어울리며 그녀는 가족에 대한 새로운 깨달음에 이릅니다.

사실 그녀가 그토록 찾고자 하는 친부는 "삶에 있어서 실물인 적이 없어서, 그저 막연"한 존재일 뿐입니다. 그에 반해 세비야에서 두 번이나 우연히 만났으며, 자신의 가족 파티에도 초청해준 콜롬이야말로 오히려 더욱 친근한 존재가 아닐까요. 친부모를 향해 "모든 구멍을 열어놓고" 살아온 그녀는 어쩌면 이제야 '친부모의 진짜 의미'와 대면한 것인지도 모릅니다. 세비야까지 가서야 얻게 된 그녀의 깨달음은 콜롬 누나가 부르는 노래 속에 잘 압축되어 있습니다. "너와 나는 그때부터 지금까지 아주 긴 밤을 사이에 두고 / 조금 떨어져 있을 뿐 / 결국은 하나의 테이블에 마주 앉아있네"라는 노랫말은, 지금 테이블에 앉아있는 콜롬의 아버지야말로 그녀가 그토록 애타게 찾던 아버지일 수도 있음을 알려주는 친부의 마지막 목소리인지도 모릅니다.

(2022.4.3.)

하나의 생명은 하나의 우주

1948년생인 김훈은 한국 문단을 대표하는 작가 중 한 명입니다. 그런 그가 올해 무려 두 권의 소설책(소설집 『저만치 혼자서』와 장편소설 『하얼빈』)을 들고 나타났습니다. 『하얼빈』은 민족의 영웅인 안중근을 형상화한 것으로서, 김훈이 『칼의 노래』(2001), 『현의 노래』(2004) 등에서 보여준 인물 중심의 역사소설 계보를 잇는 작품이라고 할 수 있는데요. 오늘 이야기할 작품은 소설집 『저만치 혼자서』에 수록된 「손」(2022)으로서, 이 작품에는 특수강간이라는 어마어마한 죄를 저지른 철호의 어머니가 주인공 '나'로 등장합니다.

「손」은 누구도 부인할 수 없는 작가 김훈의 인장印章이 선명하게 새겨진 소설입니다. 이 작품에 새겨진 김훈의 인장이라 할 만한 것은 크게

두 가지입니다. 첫 번째는 말로서만 존재하는 여러 가지 사회운동에 대한 비판적 시선인데요. '나'의 전남편은 "송전탑 건설 반대운동, 해안 매립 반대운동, 발전소 반대운동, 무허가주택 철거 반대운동"에 앞장서며, 그러한 활동은 지역신문에 나기도 했습니다. 이처럼 화려한 외양과 달리 실제의 전남편은 결혼 전에 사귀던 여자와 결혼 후에도 관계를 이어가 이혼의 원인을 제공했을 뿐만 아니라, 이혼 후에도 자식을 돌보는데 지극히 불성실했습니다. 누구보다 전남편을 잘 아는 '나'는 표 나게 "현실"을 괴로워하며 현실 문제에 적극적으로 참여하는 전남편에 대해, "내가 보기에는 그는 점점 현실에서 유리되어 멀어지고 있었다"라고 혹평하는군요.

두 번째는 후각을 대표로 한 감각에 대한 민감한 관심을 들 수 있습니다. 「손」의 많은 부분에서는 세밀한 감각을 통해 인물이나 상황의 핵심을 전달합니다. 일테면 강간범의 생모로 경찰서에 출두한 어머니가 겪는 곤란함을 "화장이 들뜨는 느낌"으로 표현하는 식입니다. 작품에는 "여름내 빨지 않고 넣어둔 옷가지에서 철호의 몸 냄새가 났다. 냄새는 습기에 절어서 누리고 무거웠다. 그 냄새는 내가 낳은 가엾은 수컷의 존재를, 뜨거운 물을 끼얹듯이 나에게 덮어씌워 주었다"와 같은 감각적인 문장이 가득합니다.

겉만 번지르르한 사회운동에 대한 비판과 감각에 대한 날카로운 촉수 등이, 소설 『빗살무늬토기의 추억』(1994)을 발표하며 정식으로 문단에 데뷔한 김훈이 40여 년에 걸쳐 보여준 불변의 양상이라면, 「손」에서 진정으로 인상적인 것은 변화의 모습입니다. 그것은 생명에 대한 간절한 경외의 마음이라고 정리할 수 있을 텐데요. 「손」에서 가장 인상적인 대목은 철호에게 강간을 당하고 이후 한강에 몸을 던진 피해자 연옥의 아버지가 보여주는 집요한 집착입니다. '나'는 경찰서에 참고인 신분으로 갔을 때, 연옥의 아버지를 만나게 됩니다.

연옥의 아버지가 보여주는 집요함은, 바로 연옥이 결코 자살한 것이 아니라고 네 번이나 반복해서 말하는 모습에서 가장 잘 드러납니다. 연옥이 자살하지 않았다는 주장의 근거는 작품의 제목이기도 한, 바로 연옥의 '손'인데요. 연옥이 구조됐을 때 "손으로 구조대원을 잡았다는 거 아니오, 손으로"라고 아버지는 애타게 절규합니다. 무언가를 애타게 잡으려 한 그 '손'이야말로 바로 생을 향한 연옥의 숭고한 의지의 증거였던 겁니다. 아버지는 딸이 마지막 순간까지 생명을 향한 의지를 놓지 않았다는 사실에 왜 그토록 집착하는 것일까요?

아마 이 질문이야말로 이 작품의 중핵에 해당한다고 할 수 있을 텐데요. 그것은 연옥의 생명이 결코 쉽게 내던져질 수 없는 절대적인 것임을 말하고 싶었던 것이 아닐까요. 그렇기에 연옥이 철호에게 당한 비인간적인 일은 결코 용납될 수 없는 일이겠죠. 무언가를 애타게 잡으려 한 연옥의 '손'과 그 '손'에 담긴 의미를 집요하게 환기시키는 아버지는 모두, 하나의 생명이 지닌 그 절대적인 숭고함에 대해 말하고 있습니다. 동시에 이 '손'은 작품 속에서 타인을 향해 내미는 연대의 의미도 지닌 것으로 판단됩니다.

혼자 사는 데 익숙한 '나'는 자신보다 더한, 어쩌면 자신과는 비교도 할 수 없는 고통에 빠져있는 연옥의 아버지를 향해 말을 걸고자 합니다.

이때 말을 거는 태도는 "아직 죽지 않아서 구조대원의 겨드랑 밑을 손으로 움켜쥐던 연옥이처럼" 절실한 것입니다. 이러한 절실함은 아마도 연옥과 연옥의 아버지로부터 비롯된 것일텐데요. 생명의 근원적 의지를 담지한 '손', 자신보다 더욱 고통스러운 타인을 향해 내밀어진 '손'은 김훈의 소설이 여전히 한국 문단에서 새로운 가능성일 수 있는 근거임이 분명합니다.

(2022.10.14.)

그럼에도 행복하라!

정한아의 「지난밤 내 꿈에」(2021)는 '외할머니-어머니-딸'로 이어지는 여성 삼대의 이야기입니다. 외할머니가 한센병에 걸리면서 이 여성들의 이야기는 시작됩니다. 외할머니가 처음 발병했을 때, 전남편은 극약을 건네며 "조용히 죽으라"고 말할 정도로 그 당시 한센병은 심각한 질병이었습니다. 한센병자는 "질병의 숙주라는 오명, 시민권의 박탈, 격리 생활, 인격 비하와 모멸, 무작위로 행해진 낙태와 생체실험"에 이어진 존재였던 것입니다. 실제로 외할머니는 전남편에게 쫓겨나 한센인 수용소에 머물게 되고, 그곳에서 만난 외할아버지와 결혼한 후에 단종 수술을 극적으로 피해 두 자식을 낳은 뒤 섬을 탈출해 한센인 격리촌인 협동농장에 들어가는 기구한 삶을 살아야만 했습니다.

이러한 외할머니의 상처(한)는 엄마에게도 이어집니다. 외할머니가 한센병력을 갖고 있다는 이유만으로, 엄마는 남편에게서 친정이 "재수 옴붙은 집안"이라는 막말을 들어야 했으며, 폭력에 시달리기까지 했던 것입니다. 더군다나 외할머니가 한센인 수용소가 있는 섬에서 탈출해 한센인 격리촌인 협동농장에 들어갈 당시, 외할머니는 아들인 외삼촌만을 데려가고 딸인 엄마는 고아원에 남겨놓기도 했습니다. 엄마는 고아원에서 보낸 시간이 자신을 망쳐놨으며, 불신과 환멸을 고아원에서 다 배웠다고 입버릇처럼 말하고는 하네요. 이러한 사정으로 외할머니와 엄마는 깊은 애증으로 뒤엉켜있었고, 서로 독한 말로 상처를 주고받으며 지내왔던 겁니다.

'나'에게도 엄마로부터 받은 상처가 있습니다. 미국에서 "아버지라 불린 그 개새끼"한테 어머니와 자신이 폭행 당했던 일은 그대로 트라우마가 되었던 것이네요. 또한 '나'는 별다른 능력도 없는 홀어머니 밑에서 성장한 결과, 가난의 상처를 짊어지고 청춘의 시간을 건너야만 했습니다. '나'는 서른이 넘었지만 자기와 마찬가지로 빈털터리인 인철과 동거를 하는데요. 여기까지만 읽는다면, 이 소설은 천형天刑으로까지 일컬어지던 한센병을 앓던 외조모로부터 시작해 손녀에까지 이어진 전형적인 여성 수난사 이야기에 해당한다고 말할 수 있을지 모릅니다.

그러나 늘 밝은 목소리로 희망을 말하는 데 탁월한 재능을 가진 정한 아답게 「지난밤 내 꿈에」의 여성 삼대는 짙은 고난 속에서도 기어이 행복을 찾아냅니다. 외할머니는 기나긴 소송 끝에 한센인 협동농장의 땅에 대한 보상금을 받아 연금보험에 가입하고, 거기서 나온 돈은 어머니를 거쳐 '나'에게 도착합니다. 매달 받게 되는 오백만 원이 넘는 돈으로 '나'는 인철과 함께 유유자적한 삶을 보내기까지 하는군요. "전과 달라진 거라곤 매달 들어오는 돈"뿐이었지만, 바로 그 돈 때문에 '나'와 인철은 "질 낮은 농담"이나 "악질의 장난"으로만 여겼던 결혼까지 합니다.

삼대의 수난이 가져온 열매를 갖게 된 '나'와 인철도 나름의 보답을 외할머니에게 해드립니다. 외할머니의 가장 큰 상처는 돌쟁이 딸을 놔두고 전남편의 집에서 쫓겨났던 것인데요. 외할머니가 유독 엄마에게만 인색하게 굴었던 이유도, 바로 전남편의 집에 놔두고 온 딸에 대한 죄의식 때문이었지요. 인철은 여유로워진 생활을 하다가 첫 작품을 무대에 올리는데, 이때 외할머니를 잊지 않고 한센인 여인을 주인공으로 내세웁니다. 나아가 '나'는 인철과의 사이에서 딸을 낳자, 아이의 이름을 해원이라고 짓습니다. 해원은 외할머니가 낳고 기르지 못한 딸의 이름이기도 했던 것입니다. 또한 작가는 자신이 써버릴 수도 있었던 돈을 자신의 딸에게 양보한 엄마에게 보상이라도 하려는 듯이, 엄마가 대머리 세무사와 사랑에 빠져 행복한 동행을 하도록 만드네요. '외할머니-어머니-딸'은 세기를 넘나드는 숱한 우여곡절 속에서 끝내 행복이라는 목표 지점에 도달하고야 만 것입니다.

그러고 보면, 정한아 소설에는 하나의 정언명령이 늘 존재하는 것 같습니다. 그것은 칸트의 정언명령인 '그럼에도 자유로워라'를 패러디하자면, '그럼에도 행복하라'로 표현할 수 있을 텐데요. 어떠한 고통이 있더라도 결코 굴복하거나 패배해서는 안 된다는 것. 행복을 향한 투쟁은 때로 세대를 넘어서는 오랜 시간이 필요하더라도 언젠가는 반드시 보답

받는다는 것. 그렇기에 행복은 어떤 경우에라도 하나의 의무로서 우리가 지켜내야 할 절대의 과제라는 것. 이 정언명령이야말로 정한아가 오늘도 계속 소설을 쓰는 이유일 것입니다. 여러분도 오늘 '의무로서의 행복'을 위해 분투하시기를 바랍니다.

(2022.10.21.)

달나라로 간 우리 시대의 작가

작년 12월 25일은 『난장이가 쏘아올린 작은 공』(1978)의 작가 조세희가 그토록 동경하던 달나라로 간 날입니다. 흔히 '난쏘공'이라 불린 이 작품이 독자들과 만나온 역사는 하나의 사건이라 부를 만큼 이례적입니다. 1978년에 단행본으로 출간된 이후, 1996년에 100쇄를 넘었고, 2022년까지 무려 320쇄 148만 부가 팔렸다고 하니 놀라울 뿐입니다. 이러한 지속성의 원인은 과연 무엇일까요? 독자와의 이러한 깊고도 지속적인 만남이야말로 문학의 죽음이 운위되는 오늘의 현실에 시사하는 바가 있지 않을까요?

『난쏘공』에서 가장 먼저 눈에 띄는 것은 적과의 대결 의지입니다. 작품에는 '난장이'와 그의 자식들을 괴롭히는 가진 자들을 향한 날 선 적대가 생생히 드러나 있습니다. 『난쏘공』을 관통하는 '난장이'(철거민, 노동자)와 거인(투기꾼, 자본가)의 대립 구도는 선명합니다. 그것은 어떠한 타협도 허용하지 않는 절대적인 것으로서, 평론가들이 '대립적 세계관'이라는 말로 갈무리한 특성이기도 하지요. 그런데 이 작품에는 그러한 대립을 뛰어넘는 지점도 존재합니다. 대표적으로 은강그룹 총수 일가의 구성원인 한 젊은이는, 자신의 아버지를 살해한 영수가 "공판정에서 한 말을 그대로 믿어야" 한다며, 자신의 아버지는 "인간을 위해 일한다면서 인간을 소외시켰어"라고 말합니다. 단순하게 '가진 자'와 '없는 자'의 이분법만을 수미일관하게 유지했다면, 『난쏘공』이 시간의 파괴력을 뛰어넘어 오랜 감동을 유지하기 힘들었을지도 모릅니다.

조세희는 '난장이'와 거인의 대립을, 부자와 빈자라는 대립에서 '사랑하는 자'와 '사랑하지 않는 자'라는 독창적인 이분법으로 발전시킵니다. 지섭은 '난장이'에게 사람들은 "사랑이 없는 욕망"만을 지니고 있으며, 이런 사람들만 사는 땅은 "죽은 땅"이라고 말합니다. 부유층에 속하지만 '난장이'의 편이라고 할 수 있는 윤호도 자신의 과제로 "사랑"을 가장 먼저 꼽습니다. '난장이'가 꿈꾼 세상에서 강요되는 단 하나의 요건은 "사랑"인 것입니다. 그 세상에서는 사랑으로 일하고, 사랑으로 자식을 키우며, 사랑으로 비를 내리게 하고, 사랑으로 평형을 이루며, 사랑으로 바람을 부릅니다. '난장이'의 장남인 영수가 아버지에게 물려받은 유일한 것도 다름 아닌 "사랑"입니다. 이에 반해 은강그룹 총수의 일원 중에서 유일하게 내면이 드러나는 경훈은 "사랑으로 얻을 것은 하나도 없었다"라고 하며, 사랑의 가치를 무시하고 경멸합니다.

또한 재현의 언어에도 주목할 필요가 있습니다. 흔히 『난쏘공』의 가장 큰 역할은 세상에 존재하지 않는 것으로 치부된 수많은 고통을 독자들이 공감할 만한 언어로 드러낸 것에서 찾고는 합니다. 실제로 지극한 리얼리즘의 문제의식을 지니고 있으면서도, 『난쏘공』은 평범한 사실주의 언어의 익숙함과는 큰 거리를 두고 있기 때문입니다. 『난쏘공』은 19세기 유럽에서 완성된 근대소설(3인칭 객관 소설)과는 다른 여러 가지 요소들, 심지어는 동화적인 것까지도 적극적으로 자기 안에 끌어들이고 있습니다. 『난쏘공』은 물론 소설이지만, 그 안에는 로맨스, 고백, 해부와 같은 픽션의 모든 장르가 포함되어 있다고 해도 과언이 아닙니다. 이러한 독창성과 포용성이야말로 시간의 흐름 속에서도 『난쏘공』을 살아 숨쉬게 하는 미학적 에너지가 되었음이 분명합니다.

마지막으로 『난쏘공』의 가장 큰 힘은 꿈꾸게 한다는 점입니다. 이 작품이 진정 놀랍게 다가오는 점은 '산업사회의 빈자와 노동자 문제를 조명' 했다는 측면보다도, 그 열악한 상황에서도 사람들이 필사적으로 꿈을 꾼다는 점입니다. '난장이', 지섭, 윤호 등은 모두 달나라를 지향하는데, 유토피아에의 꿈이 압축된 달나라야말로 그 막연함과 추상성으로 인해 아이러니하게도 시공을 뛰어넘는 보편성을 획득하게 됩니다. 유토피아에의 강렬한 지향은 부당한 현실에 분연히 맞서는 행위로 자연스럽게 이어지는데요. 은강그룹의 총수 일가를 향해 칼을 든 영수는 말할 것도 없고, 이 작품에서 가장 나약한 존재라고 할 어린 영희조차도 부정적인 방식으로나마 입주권을 되찾기 위해 몸부림을 치는 것입니다. 이러한 꿈이야말로 어느 시대에도 포기할 수 없는 인간의 지향이며, 그 꿈을 이루기 위한 단호한 투쟁도 인간의 영원한 덕목이라고 할 수 있겠지요.

조세희의 『난장이가 쏘아올린 작은 공』은 상식적인 이분법에 대한 성찰, 시대의 본질적인 문제에 대한 인식, 독창적인 예술 언어에 대한 고민, 불변하는 유토피아에의 지향과 실천이라는 미덕을 지닌 명작임이 분명합니다. 이러한 소설과의 만남을 통하여, 우리는 타인을 이해하고 시대를 성찰하며 미래를 꿈꾸게 됩니다. 앞으로도 또 다른 『난쏘공』이 창작되어 얼어붙은 우리의 가슴을 내리찍는 도끼가 되어주기를 바랍니다.

(2023.3.6.)

옥타곤 안의 사람들

이장욱은 그야말로 다재다능한 문인입니다. 러시아문학 전공자이면서, 시인으로 소설가로 때로는 문학평론가로 활동하고 있으니까요. 더욱 놀라운 것은 각 분야에 이름만 올린 것이 아니라 모든 분야에서 나름의 성취를 보여주고 있다는 점입니다. 특히 그의 소설은 난해하고 관념적인 것으로 유명한데요, 그의 소설을 읽을 때면 고대의 암호문을 접하는 기분이 들 정도입니다. 이번에 소개하는 이장욱의 「크로캅」(2022)은 이전 작품들과는 달리 어깨의 불필요한 힘을 덜어내고 정확히 급소만 가격하는 간명한 형상의 작품입니다. 이 작품에서 전설적인 격투가 크로캅이 활동하던 옥타곤(Octagon, 쇠창살로 된 팔각형의 격투기 경기장) 속 세상은, 그보다 더 치열하고 끔찍할 수도 있는 현실에 대한 하나의 알레고리에 해당합니다.

「크로캅」의 핵심적인 갈등은 아래층과 위층에 사는 사람 사이에서 발생하는데요. 둘의 대립은 패배(2007년 곤자가 승리)와 승리(2015년 크로캅 승리)를 교환하며 세기의 대결을 벌였던, 전설적인 격투가 크로캅과 곤자가의 대결에 비유되고 있습니다. 이 작품에서 '당신'이라 불리는 아래층 남자는 사회에서 은퇴했지만, 여전히 옥타곤 안에서 살아갑니다. "동정이라든가 연민 따위의 감정"에는 아무런 관심도 없는 아래층 남자는 "옥타곤만이 진짜 세계"라고 느끼니까요. 그런 그에게는 늘 적이 필요하고, 지금 그의 앞에 나타난 수많은 적 중에서도 가장 강력한 적은 위층 남자입니다. 아래층 남자는 윗집 남자를 "당신의 죽음을 기다리는 자, 적의와 원한과 분노를 품은 자, 치명적인 엘보를 옆구리에 감춘 자"라고 규정합니다.

아래층 남자를 향한 위층 남자의 위협은 점점 심해져서, 위층 남자는 아래층 남자네 현관 앞을 어슬렁거리기도 하고, 아랫집의 우편물을 뒤지기도 합니다. 심지어 아래층 남자는 엘리베이터에서 식칼이나 휘발유 통을 들고 서 있는 위층 남자를 발견하기도 하는군요. 이에 맞서 아래층 남자는 집의 여러 곳에 창살을 설치하고, 현관문 위에 방범용 카메라도 설치합니다. 아래층 남자와 위층 남자의 갈등과 대립을 옥타곤에서 싸우는 크로캅과 곤자가의 대결에 빗대어 자연스럽게 표현하는 것이야말로 소설 「크로캅」의 백미입니다.

본래 아래층 남자와 위층 남자는 같은 직장의 동료였지만, 심각한 불화를 경험하게 되는데요. 위층 남자는 회사에 노조를 만들었다가 해직

되었고, 아래층 남자는 사주의 편에 서서 오랫동안 갈등했던 것입니다. 그러한 둘의 갈등은 노인이 된 지금까지도 계속 이어집니다. 위층에서 물방울이 계속해서 떨어지자, 아래층 남자는 윗집을 방문하는데요. 끔찍하게도 아래층 남자가 그곳에서 발견한 것은 욕조에 시체가 되어 누워있는 윗집 사내입니다. 그 순간, 지금까지 아래층 남자를 '당신'이라고 호칭한 서술자가 다름 아닌 사망한 위층 남자임이 밝혀집니다.

이 세상을 떠난 후에야, 위층 남자는 옥타곤에서의 삶이 지닌 진정한 의미를 새롭게 깨닫습니다. 그것은 같은 옥타곤 위에 있는 사람들은 치열한 대결과는 무관하게, 같은 배를 탄 동료라는 것인데요. 그 깨달음은 "어째서 우리가 적인가. 옥타곤의 적은 실은 동료가 아닌가. 영원한 동료가 아닌가. 우리는 우호적이다. 경기 시작 벨이 울리고 글러브 터치를 할 때의 우정 어린 마음은 아무도 이해하지 못할 것이다"라는 대목에서 읽어낼 수 있습니다. 어찌 보면 정당한 일을 하다가 회사에서 쫓겨나 외롭게 죽어간 위층 남자는 우리 사회의 대표적인 약자라고 할 수도 있을 텐데요. 그런 그의 깨달음이기에, '옥타곤의 적은 실은 영원한 동료다'라는 명제는 더욱 큰 울림으로 우리에게 다가오는군요.

여기까지 읽은 순간, 지난주에 이야기했던 조세희의 『난장이가 쏘아올린 작은 공』이 떠오르는 것은 저의 과민일까요. 『난쏘공』에는 「뫼비우스의 띠」와 「클라인씨의 병」이 작품의 대문처럼 처음과 마지막에 버티고 있습니다. 뫼비우스의 띠는 평면인 종이를 길쭉한 직사각형으로 오려서 그 양끝을 한 번 꼬아 붙인 것으로서, 안과 겉을 구별할 수 없는 곡면의 띠를 말하지요. 클라인씨의 병은 안과 겉을 구별할 수 없는 평면을 입체

로 확장한 병이고요. 『난장이가 쏘아올린 작은 공』이 산업사회의 모순과 그로부터 비롯된 격렬한 대립적 세계관의 표현이라는 것은 널리 알려진 사실입니다. 그렇다면 『난장이가 쏘아올린 작은 공』의 시작과 마지막을 장식하는 뫼비우스의 띠와 클라인씨의 병이 우리에게 던져주는 메시지는 무엇일까요? 그것은 안과 겉, 혹은 아군과 적군을 가르는 것이 불가능한 공동체의 근원적 속성을 말하고자 했던 것은 아닐까요? 수많은 분란과 소란 속에서도 우리가 같은 옥타곤 안에 서 있는 동료라는 사실만은 잊지 않았으면 좋겠습니다.

(2023.3.13.)

'진심'의 아이러니

2005년 등단한 이래 10여 권에 이르는 소설집을 발표한 안보윤처럼 성실하고도 끈질기게 작품 활동을 이어오고 있는 작가도 드뭅니다. 다작에 걸맞게 다양한 삶의 문제를 탐구해오고 있는 안보윤이, 최근 집중적으로 관심을 보이고 있는 주제는 선과 악의 심연에 관한 것입니다.

2023년 현대문학상 수상작인 「어떤 진심」은 한번 자리 잡은 악이 사라지지 않고 이어지는 메커니즘을 차분하게 형상화한 작품입니다. 놀랍게도 안보윤은 악을 지속시키는 힘이 '진심'에 있다고 말하는데요. 「어떤 진심」은 황이라는 악인이 주도하는 사이비 종교 단체를 무대로 하여 악이 씨를 뿌리고, 꽃을 피워, 열매를 맺는 과정을 밀도 있게 보여줍니다. 이 작품의 초점화자인 유란은 아홉 살의 어린 나이에 재혼한 엄마를 따라 황 목사의 교회에서 성장합니다. 그녀는 황 목사가 우리를 이끌어 주실 분이라는 "진심"을 바탕으로 황 목사의 요구에 순종하는데요. 이러한 순종의 과정은 가족을 잃고, 친구들로부터 소외되는 과정이기도 합니다.

이 작품에서 모든 악의 뿌리라고 할 수 있는 황 목사는 특이한 방식으로 선량한 자들을 조종하고 이용하는군요. 사이비 단체의 지도자인 황은 "사과받는 이가 진저리를 칠 때까지, 더 이상 사과받지 않기 위해 무언가를 실행하고 말 때까지 집요하게 반복되는 사과"를, "더 이상 사과받지 않기 위해 무언가를 실행하고 말 때까지 집요하게 반복되는 사과"를 합니다. 이런 방식으로 황 목사는 사람들을 자신의 단체에 끌어들이고, 그들을 괴롭히며 착취합니다. 유란이 무엇보다 불편해하는 것도 바로 그러한 "황 목사의 사과"였습니다.

단체에 들어오게 된 피해자들은 '열매'로 불립니다. 열매들은 밤낮 없는 노동을 해야만 하고, 숙박비는 필요치 않지만 학교나 직장에 머무는 때 외의 모든 시간을 오직 교회를 위해서만 써야 합니다. 여기까지 읽는다면, 유란은 사이비 단체의 전형적인 피해자이고, 「어떤 진심」은 이에 대한 고발의 서사로 읽혀질 가능성이 충분한데요. 요즘 넷플릭스에서 인기를 끌고 있는 다큐멘터리 〈나는 신이다〉처럼 말이지요. 그런데 「어떤 진심」은 여기서 한 단계 더 나아갑니다. 「어떤 진심」이 진정으로 문제 삼는 것은 피해자이기도 한 유란이 오히려 그러한 범죄를 당연시하고 새로운 피해자를 만들게 되는 과정입니다.

유란은 어느 순간부터 피해자가 아닌 가해자로 변해버립니다. 특히 유란이 힘쓰는 일은 자신보다 어린 아이들을 '열매'로 만드는 일이네요. 피해자가 아닌 가해자가 되는 과정에서 유란이 즐겨 사용하는 방법은, 자신이 가장 불편해했던 '황의 사과 방식'입니다. 유란은 상대방의 선을 자극하여 자신의 목적을 성취하는 황의 방식을 피해자들에게 그대로 적용합니다. 유란은 이서를 자신의 단체에 끌어들이기 위해 무료로 과외를 해주면서, "내가 그 정도로 최악인가"라거나 "나한테는 절대로, 절대로 배우기 싫어?" 혹은 "전부 다 엉망진창이 돼버리는 게 네가 바라는 거니?"처럼 이서의 선량한 감정을 자극하는 말을 건네는군요. 그것은 상대방에게 부당한 "부채감"을 안겨주는 방식이기도 합니다. 이러한 부채감은 오히려 선량하고 마음이 약한 자들일수록 더욱 강하게 느낍니다. 유란에 의해 단체에 오게 된 이서는 친구에게 일어난 끔찍한 사건도 자기 때문에 일어났다고 생각할 정도입니다. 선량할수록 악의 피해자가 되기 쉬운 이 불편한 아이러니의 형상화야말로 「어떤 진심」이 선보이는 득의의 영역이라고 할 수 있습니다.

유란은 자신이 왕따를 당할 때 자신을 이해해주던 유일한 친구인 민주를 황 목사의 방식으로 사이비 종교 단체로 끌어들입니다. 선량하기에 악의 피해자가 되었다는 면에서는 민주 역시 마찬가지입니다. 유란이 자신이 지닌 '진심' 때문에 학교에서 왕따가 되었을 때, 유일하게 옆에 있어주었던 친구가 바로 민주였던 겁니다. 그러나 "민주처럼 신실하고 모든 일에 진심인 열매는 더더욱 복잡하게 착취당할 수밖에 없었다"라는 말처럼, 바로 그 선량함과 섬세함으로 인해 민주는 열매가 되어 누구보다 심하게 착취당할 뿐입니다.

유란은 한결같이 유능해서, 그녀가 끌어들인 자들은 이탈률이 낮고 충성도가 높아 금세 "혹독한 노동"과 "가혹한 수금"이 기다리는 단체의 핵심 전력이 됩니다. 스물네 살의 유란은 과거의 "진심"을 더 이상 믿지 않는군요. 그녀는 스스로도 "어떤 진심은 왜 그렇게 빨리 변질될까"라고 생각할 정도입니다. 그렇다면 이전의 '진심'이 얼마나 사악한 것인지를 깨달은 유란은, 새로운 피해자를 단체로 끌어들이는 일에서 멀어질 수 있을까요? 그것은 결코 쉽지 않습니다. 유란은 지금 새로운 '진심'에 마음이 쏠려있으니까요. 그녀는 자신이 사이비 단체로 끌어들였던 단짝 친구 민주를 단체에서 빼내겠다고 다짐한 것입니다. 아이러니하게도 유란이 '새로운 진심'을 달성하기 위해 선택한 방법은, 황의 단체를 더욱 번창하게 해서 민주가 더 이상 필요 없게 하는 것입니다. 이전의 '어떤 진심'에서 벗어났다는 점에서 유란은 악으로부터 멀어졌지만, 민주를 구한다는 '어떤 진심'은 새로운 피해자를 양산하게 될 터입니다.

아마도 작가는 단체(죄악)로부터 벗어나는 유일한 길은, 자신이 순종하는 '어떤 진심'에 대한 진지한 성찰이 있을 때만이 가능하다고 생각하는 듯합니다. 진정한 악은 우리가 올바르며 당연하다고 여기는 '진심'에 대한 맹목적 믿음에서 비롯되는 것은 아닐까요? 그러한 '진심'이 어느 순간 너무나 당연해지면, 그것은 어느새 우리의 일상이 되어 빠져나갈 수 없는 악의 쇠우리가 되는 것은 아닐까요? 한나 아렌트가 주장한 '악의 평범성'이라는 명제를 굳이 들먹이지 않더라도, 본래 악은 자연스럽게 존재하며 선이야말로 필사적인 노력이 필요한 영역인지도 모르겠습니다.

(2023.3.20.)

동해에서 불어오는 바람의 정체

지금 포항에 문학의 바람이 불고 있네요. 그 중심에 2022년 문을 연 서점 '책방 수북'과 출판사 '득수'가 있습니다. '책방 수북'은 한국에서 거의 유일하다시피 한 문학 전문 서점으로서, 시, 소설, 산문, 평전, 비평 서적으로만 채워진 서점입니다. 이 서점에서는 저 같은 무명 평론가의 평론집도 찾아볼 수 있을 정도입니다. 단순히 책만 파는 것이 아니라 한 달에 두 번씩 작가들을 초청하여 독자와 대화를 나누는 뜻깊은 행사를 정기적으로 열고 있기도 합니다. '도서출판 득수' 역시 문학 전문 출판사로 오직 문학성이라는 기준만으로 책을 출판하는 보배 같은 존재입니다. 지역과 인맥의 한계로 독자와 만나지 못하고 있는 실력 있는 작가를 찾아내 소개하고 있는데요, 출판계마저 교환 논리와 중앙주의에 잠

식당한 지 오래라는 것을 생각하면 무척이나 반가운 일이 아닐 수 없습니다.

이러한 활동의 중심에 소설가 김강이 있습니다. 사실 김강은 포항에서 오랫동안 활동해온 유명한 내과의사이기도 합니다. 낮에는 사람들의 내장을 챙기고, 밤에는 사람들의 내면을 챙겨온 김강은 우리 시대의 보기 드문(귀한) 지식인임이 분명합니다. 많은 평론가들이 그의 작품에 드러난 강렬한 사회의식에 주목해왔는데요, 오늘 이야기 나눠보려 하는 「검은 고양이는 어떻게 되었나」(2022) 역시 현대사회의 본질적 문제를 날카롭게 응시한 문제작입니다.

「검은 고양이는 어떻게 되었나」는 망원경적 시야로 현대사회의 비정한 작동 원리를 보여줍니다. 이 작품에서 '나'와 정원을 맞대고 사는 앞집 사람은 길고양이에게 먹이를 줍니다. 주민들은 길고양이에게 먹이를 주는 것에 심하게 반대하고, 결국 앞집 사람과 주민들은 충돌합니다. 그 충돌은 주민센터나 구청에서 길고양이들을 포획하고, 앞집 사람은 더 이상 고양이들에게 먹이를 주지 않는 것으로 결론이 납니다. 이후 앞집 남자는 전략을 수정하는데요. 고양이에게 먹이를 주는 대신, 멧비둘기에게 모이를 주어 자신의 정원으로 유인하는 것입니다. 길고양이들은 먹이 대신 앞집의 정원에 모여든 멧비둘기들을 먹으며 뚱뚱한 몸을 유지합니다. 여기에서 끝난다면, 이 작품은 일상에서 일어날 수도 있는 작은 에피소드를 그린 소품에 그칠 수도 있습니다. 그러나 「검은 고양이는 어떻게 되었나」는 이 멧비둘기와 고양이의 이야기를 알레고리로 독해하게 만드는 또 하나의 이야기를 거느리고 있습니다.

그것은 바로 '나'와 중·고등학교를 함께 다닌 P의 이야기입니다. P는 '나'의 결혼식 사회를 맡았을 만큼, 둘은 절친한 사이였는데요. 이후 '나'는 P가 주식투자에 실패했으며 다른 동기의 사업에 투자했다가 일이 잘못되어 소송이 붙었다는 등의 안 좋은 이야기만을 듣게 됩니다. 최근에 P는 '나'에게 전화를 해서 자신이 아파트 갭 투자를 하는 중이라며, 돈을 빌려달라고 부탁까지 했는데요. 그 부탁을 거절한 뒤 결국 '나'는 P의 부고를 받습니다. "조문객 반, 빚쟁이 반"인 빈소에서, P가 주식이다 가상화폐다 해서 벌여놓은 일이 많았으며 고객의 돈을 인출한 사실이 들통나 고객과 회사로부터 고소를 당했다는 말을 듣습니다.

더욱 충격적인 것은 그렇게 많은 사람들한테 사기를 쳤지만, P 앞으로 남아있는 재산은 거의 없다는 사실입니다. 그렇게 된 이유는 P가 자신의 선배인 L에게 이용당하고 있었기 때문입니다. P를 보험업계에 불러들인 선배 L은 보험 영업이 아닌 다른 경로로 돈을 모으는 법, 그 돈으로 돈을 불리는 법, 그리고 책임을 회피하는 법을 P에게 가르쳤습니다. P는 L에게 배운 방식으로 "돈을 탐할 수 있는 모든 곳, 돈이 몰려다니는 모든 곳"에 발을 들여놓았던 것입니다.

여기에서 첫 번째 '멧비둘기와 고양이 이야기'는, 'P와 L의 이야기'와 서로 만나게 되는군요. 장례식장에서 들려오는 "P가 헛꿈을 꾼 거지. 뿌려주는 놈은 다른 생각인데 말이야"라는 말에서도 알 수 있듯이, P는 아무것도 모른 채 새 모이를 주워 먹는 멧비둘기에 불과했으며, 선배 L은 그 멧비둘기를 잡아먹는 살찐 고양이였던 것입니다. 그렇다면 그 모든 희비극을 연출하는 사내는 과연 누구였던 것일까요? 이 질문이야말로 이 작품의 초점이라고 할 수 있겠지요. 김강의 「검은 고양이는 어떻게 되었나」는 진중한 문제의식과 날카로운 시대정신을 바탕으로 우리 시대의 근본적인 작동 원리를 문제 삼고 있는 위험한 작품임이 분명합니다.

생각해보니 3월의 포항에는 문학의 바람만 부는 것이 아닙니다. 3월의 포항에는 그 넓은 동해가 선물하는 가자미, 밀복, 청어의 맛이 또 사람을 유혹하지요. 올봄에는 아무리 바쁘더라도 포항에 가서 김강 작가와 함께 동해 바다를 실컷 바라보고 싶습니다. 그러다 보면, 그 푸른 물결 속에서 한국문학의 미래를 어렴풋하게나마 떠올려볼 수 있을 겁니다.

(2023.3.27.)

1946년생 배정심 할머니는 MZ세대

여러분은 할머니라는 말을 들으면 어떤 이미지가 가장 먼저 떠오르나요? 중늙은이가 다 된 저로서는 안타깝게도 가족을 위해 모든 것을 바쳐, 자기라는 것이 아예 닳아 없어진 모습이 우선 떠오르는군요. 자기라는 것은 청춘의 먼 시절에 놓아둔 채, 오직 가족만을 위해 평생을 살아온 성자와도 같은 모습 말입니다. 오늘 함께 이야기해보려는 문진영의 「내 할머니의 모든 것」(2022)에 등장하는 할머니, 배정심 여사는 제 마음속에 존재하는 할머니와는 거리가 멀어도 너무나 머네요.

문진영의 「내 할머니의 모든 것」에 등장하는 '나'의 외할머니인 배정심 여사는 지극한 개인주의자여서 쿨하게까지 느껴집니다. 1946년생인 배정심 여사는 오래전에 자식들을 버리고 떠나 40년 가까이 연락 한

번 하지 않고 혼자 지내왔습니다. 배정심 여사는 '나'의 삼촌이 심장마비로 급사하자, 유산 문제 때문에 40년 만에 모습을 드러냅니다. 배 여사는 "과거 자신이 한 선택", 자식들까지 버리고 집을 나간 것에 대해서도 "미안한 감정을 일절 내비치지" 않는군요. 오래전 할머니는 할아버지에게 당당하게 이혼을 요구했는데요, 이유는 할아버지가 연일 폭음을 하거나 거액의 도박 빚이 있었기 때문이 아니라 단지 혼자 살고 싶었기 때문입니다.

태어나서 처음 엄마와 함께 외할머니를 만난 순간부터 '나'는 배정심 여사에게 깊이 매혹됩니다. 심지어 '나'는 외할머니가 가진 물건들에도 매력을 느껴서는, 배정심 여사가 가진 낡은 물건들이 "초라함이 아니라 나름의 멋과 향취"를 지녔으며, 그러한 물건들은 바로 배정심 여사와 닮아있다고까지 느낍니다. 이러한 매혹의 이유를 작품에서는 "부유해 보이지는 않았으나 행색이 말끔하고 말투가 또렷한 점. 새로 가정을 꾸리지 않고 평생 독신으로 산 점. 특히 엄마에게 생판 남을 대하듯 깍듯했으며, 엄마가 말을 놓으라고 요청할 때까지 반말을 하지 않은 점 등"으로 설명하고 있네요.

그런데 저는 앞에 나열한 이유만으로는 '내'가 40년 만에 나타난 외할머니에게 느끼는 매혹이 충분히 설명되었다고 생각되지 않네요. 집을 나가는 바람에 가족에게 말할 수 없는 고통을 안겼으며, '나'에게도 아무런 사랑을 베풀지 않았던 외할머니에게 첫눈에 저토록 매혹된다는 것이 과연 가능한 일일까요? 저는 '내'가 외할머니에게 느끼는 매혹의 진짜 이유는, 다름 아닌 배정심 여사가 바로 '나'이기 때문이라고 판단됩니다.

'나'와 같은 요즘의 젊은이들을 가리키는 말이 바로 MZ세대(1980년 대 초~2000년대 초 출생한 밀레니얼세대와 1990년대 중반부터 2010년대 초반 출생한 Z세대를 아우르는 말)인데요. 이 세대의 가장 큰 특징으로 철저한 개인주의를 꼽고는 합니다. 사회학자 김호기는 MZ세대의 개인주의적 특징은, "내가 세계의 중심에 있다는 '나에 의한, 나를 위한, 나의 이념이자 철학'인 미이즘Meism을 가지고 있는 것이라고 주장합니다. 나의 욕망과 취향을 그 어떤 가치보다 우선시하는 세대라는 것이지요.

「내 할머니의 모든 것」에 등장하는 1946년생 배정심 여사야말로 MZ세대가 등장하기 반세기 전부터 이미 미이즘을 실천한 선구자임이 분명합니다. 그녀는 근대적 개인의 금과옥조라고도 할 수 있는 독립성과 자율성을 완비한 존재니까요. 이때의 독립성이란 개인이 자기 자신 외에 그 어떤 다른 것에도 복종하지 않는 상태를, 자율성이란 각자가 천부적으로 지닌 합리적 이성의 힘으로 자신의 삶을 결정한다는 것을 의미하지요. 해방 직후 태어난 배정심 여사는 어떻게 이러한 기적적인 선취를 이룰 수 있었을까요? 그러고 보면 배정심 할머니의 주위에는 좋은 사람이 참으로 많았네요. 그중에서도 그녀의 남편은 배정심 여사가 자신을 떠날 때도, 위자료 조로 아파트를 선물할 정도로 아내를 사랑했습니다. 그는 이후에도 재혼하지 않았으며, 어머니 없이 자라는 자식들에게도 엄마를 원망하는 대신 "나는 네 엄마를 미워하지 않는다"라고 입버릇처럼 말하기도 했네요. 어쩌면 배정심 여사의 남편도 배정심 여사만큼이나 선구적인 인물이었는지도 모릅니다.

    잠깐 '내' 앞에 모습을 드러냈던 배정심 여사는 곧 사라집니다. '내'
가 사라진 할머니의 빈방에서 발견한 것은 세계 명작을 필사한 여러 권
의 노트입니다. 창작이 아니라 필사에 머문 할머니의 노트는 배정심 여
사가 도달한 삶의 경지를 보여주는 것 같기도 합니다. 어쩌면 힘들게
자신의 방을 만들어낸 것까지가 1946년생 MZ세대 배정심 여사의 몫이
었는지도 모르겠습니다. 마지막으로 그 방에서 오늘날의 MZ세대가 창
조(필사가 아닌 창작)해 나갈 새로운 세계를 기다려봅니다. 그리고 응원합
니다.

(2023.4.3.)

희망의 근거

김연수는 21세기 한국 소설계를 대표하는 작가단의 일원입니다. 1994년 장편소설 『가면을 가리키며 걷기』로 등단한 이후, 20여 권의 창작집과 장편소설을 발표한 김연수가 구축한 문학 세계는 한두 마디로 정리하기 어려울 만큼 다양하고 복잡합니다. 정밀한 구성, 동서고금을 넘나드는 박학, 감각적이면서도 지적인 문체, 역사에 대한 관심 등을 김연수 소설의 대표적인 특징으로 꼽을 수 있을 텐데요. 여기에 덧보태 소통과 공감에 대한 집요한 탐구 역시 김연수만의 문학적 인장印章이라 말할 수 있을 겁니다.

김연수의 「다시, 2100년의 바르바라에게」(2022)도 인간 사이의 소통과 이해의 가능성을 보여주는 소설인데요. 기존의 작품과 다른 것은 소통과 이해의 가능성에 대한 믿음과 여기에서 비롯된 역사에 대한 낙관이 두드러진다는 점입니다. 할아버지로부터 자신이 살아온 삶에 대한 이야기를 듣고 이를 정리하는 '내'가 할아버지에게 하는 말은 "고민은, 늘 똑같지요. 그냥 불안해요"라는 것입니다. 이처럼 불안해하는 '나'에게 할아버지는 "다음 150년 동안 세상은 엄청난 진보를 이룩할 걸세"라는 희망적인 답변을 합니다. 이 소설의 핵심은 할아버지가 지닌 희망의 근거가 무엇인지를 보여주는 것입니다.

할아버지가 불안 대신 희망을 말할 수 있는 근거는, 시공을 달리하는 바르바라들이 서로 소통하며 정신을 나눌 수 있기 때문입니다. 이 작품에는 네 명의 바르바라가 등장하는데요. 이들은 시공간의 엄청난 차이에도 불구하고 서로의 정신을 나누고 이어받습니다.

첫 번째 바르바라는 이교도인 왕의 딸로 태어나 삶의 마지막까지 그리스도인의 삶을 고집하다가 아버지에게 죽임을 당한 성자聖者입니다. 두 번째 바르바라는 마카오 유학에서 돌아온 최양업 신부가 1850년에 스승께 써 보낸 편지에 등장하는 소녀입니다. 평생 동정을 지키기로 한 결심을 투철하게 지켜 나간 바르바라는 1850년 9월 23일에 열여덟의 나이로 죽습니다. 세 번째 바르바라는 할아버지의 여동생인데요. 1949년 북한 정권이 수도원을 몰수하고 독일인 신부들을 체포할 때, 바르바라는 수녀원을 접수하러 온 자들에게 완강하게 맞서다가 죽임을 당합니다. 이 일로 4대째 내려오는 가톨릭 가정에서 태어나 성직자의 길을 걷던 할아버지는 안타깝게도 그만 환속하고 마는군요. 네 번째 바르바라는 아직 지구별에 도착하지는 않았지만, 이전 바르바라들의 정신을 이어받아 언젠가는 오고야 말 미래의 존재입니다.

　할아버지는 위에서 말한 세 명의 바르바라들이 서로 무관한 것이 아니라, 이야기의 힘을 통해 연결되어있다고 확신합니다. 이러한 확신은 자신의 경험에서 비롯된 것이기에 더욱 설득력 있게 다가오는데요. 할아버지는 어린 시절 자신의 할아버지가 하는 이야기를 통해 최양업 신부와 바르바라를 아는 신자들을 만날 수 있었습니다. 같은 논리로 지금 열 살의 아이는 할아버지가 그러했듯이, 1940년대의 일을 이야기하는 할아버지를 통해 그때의 일들을 단순한 역사가 아닌 생생한 사건으로 받아들일 수 있다는 것입니다. 이처럼 인간은 이야기를 통해 200년 정도의 시간은 가볍게 뛰어넘을 수 있는 존재이며, 육체의 죽음과는 무관한 정신의 기나긴 삶을 통해 희망의 불씨는 사라지지 않고 지속된다는 것인데요. 그 어떤 끔찍한 일에도 "오직 연민과 사랑이 있을 뿐, 여기에 비관이 깃들 수" 없다는 할아버지의 확신은 이러한 논리가 뒷받침된 결과입니다.

　할아버지는 오랜 경험과 성찰을 통해, 정신의 삶은 "시간적으로 또 공간적으로 서로 겹쳐지며 영원히 이어진다는 것"을 깨달은 것입니다. 그렇기에 할아버지는 "미래의 우리"를 "생각해야만 한다는 것. 그리고 생각할 수 있다는 것"을 강조하는군요. 영원을 생각한다면, 현재의 고통과 억울함이란 티끌 같은 것일 수도 있기 때문입니다. 그렇기에 할아버지는 "어둠과 빛이 있다면 빛을 선택"하기로 결심하며, 이러한 결심은 단순히 생각에만 머무는 것이 아니라 실제의 행동으로까지 이어집니다.

　할아버지는 1993년 서울에서 대구로 가는 기차 안에서, 반세기 전

신부들을 체포하기 위해 수도원을 찾아왔던 정치보위부의 간부를 우연히 만납니다. 그 사람은 남파되었다가 체포되어 30여 년 만에 출소한 비전향장기수입니다. 그 남자는 할아버지의 여동생 바르바라의 죽음에도 직접적인 책임이 있는 자로서, 할아버지에게 "게으르고 쓸모없는 수녀들이 인민을 위해 봉사하는 유일한 길은 수도복을 벗고 고향으로 돌아가 혼인하는 일이라고 조롱"까지 서슴지 않았지요. 남자가 준 충격과 상처는 너무나 큰 것이어서 할아버지는 그 이후로 한 번도 그 목소리와 얼굴을 잊은 적이 없을 정도입니다. 그럼에도 할아버지는 "바르바라와 바르바라와…… 그리고 또 다른 바르바라를 생각"하고 그를 용서합니다. '2100년(미래)의 바르바라'를 생각하며 원수를 용서한 할아버지를 떠올린다면, 우리가 살아가는 세상도 결코 어두운 곳만은 아닐 겁니다.

(2023.4.10.)

선善 의 반대말은 무엇인가?

박지영의 「쿠쿠, 나의 반려밥솥에게」(2021)는 선善의 반대말이 악惡이 아니라 위선僞善일 수도 있다는 것을 보여주는 작품입니다. 주인공인 선동(善童, 착한 아이)은 겉으로 드러난 모습만 본다면, 이름처럼 한없이 착한 사람이네요. 마흔여덟 개의 포도알 스티커를 채우고 선행상을 받은 이후로 강선동은 착한 아이가 되기 위해 혼신의 노력을 기울여왔습니다. 줄곧 착한 아이로 살아온 강선동은 서른여덟의 미혼 남성인 지금도 치매에 걸린 아버지를 돌보는 착한 어른으로 살아가고 있습니다. '착한 사람'에 어울리게, 잘난 형과 누나 대신 "독박 돌봄"의 길을 묵묵히 걷고 있는 겁니다.

그러나 그 겉면을 지탱하는 이면에는 '착한 사람' 선동과는 너무나 다른 모습이 자리 잡고 있네요. 겉면과 이면의 이 아찔한 낙차야말로 이 작품의 포인트라고 할 수 있습니다. 선동은 필사적으로 자신의 선함을 연출하고자 합니다. 강선동은 자신의 선함을 증명하기 위해, 늘 자신의 도움이 필요한 "소외되고 약한 사람들"을 간절하게 찾아내는데요. 그렇기에 '착한 사람' 강선동의 진정한 재능은, "선의라는 말로 다른 방식의 폭력을 행하고 자신은 선한 사마리아인의 자리에 앉아 불행한 이들을 굽어살피는 일"입니다.

지금 강선동이 자신의 선함을 증명하기 위해 애타게 찾아낸 약자는 다름 아닌, 치매에 걸린 일흔아홉 살의 아버지입니다. 그렇다면 강선동은 왜 이토록 선함에 집착하는 걸까요? 그것은 선함이 지닌 현실적인 힘 때문입니다. 때로 어떤 이들은 도덕을 방패로 삼아, 자신의 생각이나 의지를 상대방에게 관철하는 힘을 얻기도 하니까요. 이때 선은 악을 위한 도구가 되어버리며, 때로 현실적인 이익과 직접적으로 연결되기도 합니다. 강선동이라는 인물이야말로 이러한 선의 어두운 이면을 누구보다 일찍 깨달은 인물입니다.

치매에 걸린 아버지 강만석을 떠맡았을 때부터, "기특하고 희생적인" 강선동이 생각한 것은 형과 누나로부터 높은 수준의 부양료를 받아내는 것이었네요. 그러나 부양료를 받아내는 것은, 치매 노인을 간병하는 일의 고단함을 생각한다면 오히려 아버지를 비롯한 가족을 미워하지 않기 위한 방비책으로 볼 여지도 있습니다. 문제는 강선동이 그러한 상식에서 한참 더 나아간다는 것인데요, 그는 자신의 선함을 이용해서 최대한의 이윤을 얻으려고 합니다. 강선동은 치매 아버지의 일상을 담은 유튜브 채널 〈어쩌다 부자유친〉을 개설해서 천하의 효자 행세를 합니다. 인기를 얻기 위해 온갖 일을 벌이던 강선동은 아버지를 코미디언으로 만들어버리는군요. 밥 먹을 때면 수저 사용법을 잊어 젓가락 하나로 국을 뜨는 것, 반바지를 주면 티셔츠인 줄 알고 다리를 넣어야 할 곳에 팔을 낀 채 낑낑대는 것 등을 모두 아버지 강만석의 슬랩스틱 코미디로 중계하는 것입니다.

범죄라는 말도 아까운 이런 끔찍한 일을 하면서도, 강선동은 '착한 사람'의 자리를 절대 포기하지 않습니다. 강선동은 "아버지의 꿈은 스탠딩 코미디언이었습니다"라는 식의 거짓말을 함으로써, 자신을 '착한 아들'로 만들어 사람들의 감정에 호소하니까요. 사람들은 아버지의 행동이 상식에서 벗어날수록 열렬하게 반응하고, 강선동은 아버지의 작은 실수도 과장되게 편집합니다. 이럴수록 강선동은 "착한 아들이라는 자부심에 중독"되는군요. 이 자부심을 바탕으로 강선동은 치매 부자의 일상을 담은 책을 쓰고, 방송에 출연할 꿈을 꾸기도 합니다.

그러나 어느 순간부터 치매 엄마를 돌보는 〈마담 케이의 비밀 정원〉이라는 유튜브 채널에 밀리기 시작하자, 선동은 무리수를 두기 시작하는군요. 아버지를 억지로 살찌우기도 하고, 촬영 직전에는 혈색이 돌아오도록 뺨을 때리기도 합니다. 강선동의 과격한 행동이 이어지면서 이를 목격한 사람들도 하나둘 생겨나고, 강선동에 대한 비판도 시작됩니다. '착한 아이'라는 자부심에 상처를 입은 강선동은 다시 그 영예를 되찾기 위해, 이번에는 아버지를 돌보는 일이 얼마나 힘든 일인가를 사람들에게 보여주기로 합니다. 그런 결심은 유튜브가 허용하는 금기까지 넘어서게 되고, 결국 선동은 유튜브 활동을 마감하고 맙니다.

강선동은 이처럼 끔찍한 일을 겪은 후에도 '착한 아이' 되기를 결코 포기하지 못합니다. 다시 '착한 아이'가 되어야만, 강선동은 다시 유튜버가 되어 '좋아요'를 받고 구독자 수를 늘릴 수 있을 테니까요. 본래 위선僞善은 위僞와 선善으로 이루어진 단어입니다. 위僞는 잘못된 것, 좋지 않은 것, 버려야 할 것과 같은 의미를 담고 있지요. 처음에는 선동의 위선에도 얼마간의 선善이 포함되어 있었을 테지만, 시간이 지날수록 그의 위선에는 오직 위僞만이 남게 됩니다.

위선을 통해 현실적 이득을 취하려는 것은 과연 강선동만의 일일까요? 과연 우리 안에는 포도알을 받고 싶어 하는 '착한 아이'가 살고 있지 않다고 자신할 수 있을까요? 부디 선이라는 이름으로 다른 사람에게 자기의 의견을 일방적으로 밀어붙이거나, 자신의 이익을 탐하는 일만은 없었으면 좋겠습니다.

(2023.5.8.)

진실을 마주하고 글을 쓰라!

인간은 진실을 추구합니다. 때로 진실에의 열망은 목숨을 대가로 지불할 만큼 치열하기도 합니다. 동시에 인간은 진실과의 조우를 두려워하기도 합니다. 특히나 애써 숨겨온 자신의 진실과 대면하는 것은 어떻게든 피하고 싶은 일일 겁니다. 그것이 자신의 정체성을 송두리째 무너뜨릴 수도 있을 테니까요. 서성란의 「내가 아직 조금 남아 있을 때」(2022)는 불안하지만 불가피한, 혹은 불가피하지만 불안한 진실과의 대면에 관해 말하는 소설입니다.

여기 너무나 우아하고 평화롭게 사는 한 여인이 있습니다. 이 작품의 주인공인 혜순은 시 쓰는 교수 남편과 희곡을 쓰는 예비 교수 딸을 둔 중년 여성입니다. 그녀도 한 권의 수필집을 출판한 어엿한 작가로서, 별이 좋은 날이면 책을 읽고 글을 쓰면서 평화로운 시간을 보내는 것이 일과입니다. 혜순은 "둘러앉아 식사하면서 문학과 예술에 대해 깊이 있는 대화를 나누고 토론할 수 있는 가족"을 두었다는 것에 너무나 행복해하는군요. 그런데 이 행복을 위해 혜순이 평생을 꾹꾹 숨겨온 진실과 대면해야 하는 순간이 다가옵니다.

그 순간은 딸 연희가 쓰고 있는 희곡 「돌아오는 아이들」을 통해서 다가오는데요. 이 희곡은 입양아들에 대한 것으로서 대극장 무대에 오를 예정입니다. 평소 혜순은 가장 먼저 딸의 글을 읽고 평가를 해주었는데요. 이번만은 딸의 글을 읽으려고도, 당연히 칭찬이나 격려를 하려고도 하지 않습니다. 그뿐만 아니라 혜순은 지금 책을 읽을 수도, 단 하나의 문장도 쓸 수 없는 상태입니다. 혜순이 이토록 큰 충격에 빠진 이유는 딸이 쓰는 희곡 「돌아오는 아이들」이 혜순이라는 주체의 핵심에 해당하는 진실을 담고 있기 때문입니다.

희곡 「돌아오는 아이들」은 생부모에게 버려지고 해외로 입양되었다가 추방되어 돌아와 스스로 생을 마감한 존 터너라는 인물에 대한 것인데요. 존 터너는 일곱 살에 미국으로 입양된 후 파양과 재입양 과정을 겪고는, 서른일곱 살이 되던 해 겨울에 주 정부의 추방 명령을 받고 한국으로 돌아옵니다. 미국 시민권을 얻지 못한 채 살았던 존은 폭력과 절도 등의 전과 때문에 추방당한 겁니다. 존 터너는 무일푼으로 이태원 거리를 떠돌다 행인과 시비가 붙어 경찰에 체포된 후에, 정신병원에 보내졌다가 결국에는 자살로 생을 마감하는군요.

이 희곡을 통해 혜순이 꽁꽁 눌러놓았던 치명적인 기억도 되돌아옵니다. 스물한 살의 혜순은 "누구도 원하지 않는 아이"를 낳았고, 그렇게 태어난 아이는 엄마인 혜순의 얼굴 한 번 보지 못한 채 어딘가로 사라져야만 했던 것입니다. 이후 혜순은 아무 일도 없는 듯, 졸업과 취업, 결혼, 출산으로 이어지는 무난한 삶을 걸어왔네요. 그랬던 것인데, 딸이 '돌아오는 아이들'의 목소리에 관심을 기울이기 시작하면서, 혜순은 "손을 잡아볼 틈도 없이 사라져버린 아이를 새삼스럽게 기억"하게 된 겁니다.

딸이 해외 입양인들의 삶에 관심을 기울이고 작품까지 쓰려는 이유는 작품 속에 등장하지 않습니다. 다만 연희는 "이번 작품은 이야기가 나를 찾아왔어요"라고 말할 뿐이네요. '억압된 진실'은 대를 이어 기어이 혜순의 삶 한복판으로 되돌아온 것입니다. 설상가상으로 딸은 이번에 쓰는 작품으로 끝나지 않고, 같은 주제로 희곡집 한 권 분량의 작품을 써 내려는 계획까지 세우네요. 그런데 연희가 아니더라도 혜순의 '억압된 진실'은 언제든 회귀할 운명입니다. 지금 한국에는 존 터너 이외에도 수많은 입양아들이 자기의 뿌리를 찾아 돌아오고 있기 때문입니다. 이것은 한때 세계에서 "고아 수출을 가장 많이 했던 나라"의 업보라고도 할 수 있겠지요.

이 작품에서 '진실'과의 대면이라는 문제는 글쓰기 본질론으로까지 이어집니다. 혜순이 문화센터 글쓰기 강좌에 다닐 때, 늙은 강사는 "거창한 것"에서 소재를 찾으려고 애쓰지 말고 "본인의 경험을 진실하게 쓰라"라고 늘 강조하고는 했습니다. 이 강사의 가르침이 진실이라면, '돌아오는 아이들'에 대해 잘 쓸 수 있는 사람은 딸 연희가 아니라 혜순

본인이겠지요. 혜순이 생각하듯이, 서른이 넘은 나이에도 부모에게 학
비와 용돈을 받아 편안하게 생활하는 딸이 "고통스러워하는 입양인들의
마음을 헤아릴 수 있을 리 없"을 테니까요. 연희에게 '돌아오는 아이들'
의 이야기가 "거창한 것"에 해당한다면, 혜순에게야말로 '돌아오는 아이
들'의 이야기는 '본인의 경험'에 해당할 겁니다. 작품은 혜순이 노트북
을 꺼내어 "산부인과 분만실에서 여태도 울고 있는 그녀의 아이 이야기"
를 쓰는 것으로 끝납니다. 혜순은 드디어 불안하지만 불가피한, 혹은 불
가피하지만 불안한 진실과 마주하게 된 것일텐데요. 드디어 진실과 마
주한 혜순이 써내려 갈 「돌아오는 아이들」을 기대해봅니다.

(2023.5.15.)

최루탄 가루가 뿌옇던 거리를
떠나지 않은 이유

인간이 자신의 이익을 포기하고 타인을 위해 거리로 나서는 것은 무엇 때문일까요? 역사나 공동체에 대한 책임감 때문일까요? 타인을 향한 뜨거운 연민과 사랑 때문일까요? 오늘 소개하는 김도일의 「어룡이 놀던 자리」(2023)는 부끄러움과 죄의식이 살아가는 힘이 되는 것은 물론이고, 때로 이기적인 인간을 역사의 현장에 머물게 하는 힘이 될 수도 있음을 보여주는 소설입니다. 1980년대가 배경인 이 작품은 민주화 투사인 요한이 감옥에 갇혀 신부님에게 보내는 편지 형식으로 이루어져 있습니다. 요한은 이 편지를 통해 자신이 "일종의 고해성사"를 하고 있다고 생각하는데, 이것은 편지에 담긴 내용이 고해성사에 해당할 만큼 그의 내밀한 부끄러움과 죄의식에 관련된 것이기 때문입니다.

요한의 부끄러움과 죄의식은 어린 시절을 함께 보낸 친구 두호와 루시아로부터 비롯된 것이네요. 두호와 루시아는 요한의 동네에 있던 수녀원에서 살던 고아들입니다. 고향 마을에는 프랑스 신부가 세운 수녀원이 있었으며, 그 안에는 성당, 고아원, 양로원, 장애인의 집 등이 갖춰져 있었습니다. 남두호는 흑인의 피가 섞인 혼혈아로서, 어릴 때부터 "튀기, 깜둥이 새끼, 화냥년의 자식 같은 욕"을 들으며 자라야 했네요. 어린 두호의 희망은 미국에 가서 돈도 많이 벌고 "튀기, 깜둥이 소리 좀 안 듣고 살아보"는 것이었습니다. 두호는 싸움도 잘하고 억센 아이였지만, 같은 고아원에서 생활하던 루시아 앞에서만은 어린 양처럼 순하게 행동했습니다. 귀가 안 들리는 루시아도 아기 시절에 수녀원에 맡겨졌으며, 두호와 루시아는 어릴 때부터 오누이처럼 지내며 함께 성장했던 것입니다.

　그들 앞에 요한의 먼 친척인 치곤이 나타납니다. 교도소를 들락거리던 악당 치곤은 두호와 루시아에게 심각한 범죄를 저지릅니다. 요한의 마을은 제철소의 건설 계획으로 빈집이 늘어나고 있었으며, 요한은 방과 후 아이들과 함께 빈집에서 고물 찾는 일을 하고는 했는데요. 그러던 어느 날 한 빈집에서 두호가 무참하게 폭행을 당한 채 쓰러져 있고, 방 안에서는 루시아가 성폭행당하는 장면을 보게 됩니다. 이 끔찍한 현장에서 요한이 선택한 것은 고작 제 한 몸을 돌보기 위해 도망치는 것이었지요. 그날 이후 두호와 루시아는 고향 마을에서 자취를 감춥니다. 범죄의 현장에서 작은 돌멩이 하나 들지 못하고 도망쳐버린 일은 요한에게 평생을 따라다닐 부끄러움과 죄의식을 안겨줍니다. 이 일 이후 어린 요한은 "인간은 인간이라는 이유만으로 죄가 있다는 것의 의미"를 어렴풋하게 깨닫습니다.

이 작품은 어른이 된 지금도 요한이 부끄러움과 죄의식에 갇혀 몸부림치고 있음을 보여줍니다. 요한은 1980년대에 누구보다 열심히 민주화에 투신하고 있지만, "제 안의 부끄러움과 죄책감은 덮어둔 채 조국의 민주화를 위한 고귀한 가시밭길을 가고 있다고 치부하고 있었"다고 자책할 정도입니다. 두호와 루시아가 끔찍한 일을 당하던 날, 요한은 어쩌면 "가장 비겁한 길을 선택함으로써 두호와 루시아의 인생을 망가뜨린 것"이라고 늘 생각하는군요. 그렇기에 민주투사가 된 지금도 요한은 "두 사람도 지켜주지 못한 제가 조국을, 민족을, 민주를……!"이라며 부끄러움과 죄의식에 몸부림치는 것입니다.

여기까지라면 「어룡이 있던 자리」는 자신의 잘못에는 한없이 둔감하고, 멀리에 있는 어둠에는 한없이 예민한 지식인의 이중성에 대한 비판을 담은 소설에 머물 수도 있겠죠. 그러나 이 작품이 지식인의 이중성 비판에만 머무는 것은 아닙니다. 「어룡이 놀던 자리」는 요한이 젊음을 다 바쳐 민주화에 헌신하는 것이 바로 그 어린 시절의 부끄러움과 죄의식 때문일 수도 있다는 반전을 보여주기 때문입니다. 요한이 루시아와 두호가 폭력 앞에 사그라져갈 때 도망쳐 나온 부끄러움과 죄의식이야말로 요한을 "최루탄 가루가 뿌옇던 거리"에 머물게 하는 힘이 됩니다. 이것은 요한이 경찰에 체포되던 날 만난 택시 기사를 어린 시절에 사라져버린 두호라고 생각하는 것에서도 암시적으로 드러납니다.

어쩌면 지금 요한이 목숨을 걸고 싸우는 대상은, 어린 시절 두호와 루

시아를 무참하게 짓밟은 치곤 일당의 연장선에 있는지도 모릅니다. 어린 시절에는 사건의 현장에서 도망쳐 나왔지만, 바로 그 부끄러운 기억때문에 어른이 된 요한은 역사의 현장에서 벗어나지 않는 것입니다. 김도일의 「어룡이 놀던 자리」는 한 인간의 삶을 지배하는 트라우마가 얼마나 끈질긴 괴물인지, 때로는 그 괴물로부터 비롯된 고통이 살아가는 힘은 물론이고 역사의 힘이 될 수도 있음을 파헤친 사변적인 작품입니다.

(2023.5.22.)

강하다는 것, 혹은 약하다는 것

윤이형의 「고스트」(2019)는 문학이 결코 사라져가는 낡은 예술 양식이 아님을 깨우쳐주는 소설입니다. 이 작품은 오늘날 한국 문단의 중심적 테마라고 할 수 있는 가부장의 폭력이나 여성 혐오와 같은 심각한 주제를 다루고 있습니다. 다양한 테마와 기법을 자유자재로 넘나드는 작가답게 이번에는 SF적인 요소를 능수능란하게 활용하여, 읽는 재미와 함께 진지한 사유의 기회를 제공하고 있네요. 윤이형은 누가 뭐래도 한국 문단의 보배와도 같은 작가임이 분명합니다.

이 작품의 주인공 정애령은 소위 잘나가는 40대 중반의 여성입니다. 그녀는 '외국계 게임회사 최초의 한국인 여성 지사장'으로 언론에 소개될 정도로 성공했으며, 그것도 모자라 여직원들에게 "감정 노동을 하지도 불필요하게 미소 짓지도 말라"라고 틈나는 대로 말할 정도로 정치적으로도 올바릅니다. 이처럼 완벽해 보이는 애령에게도 해결하지 못한 상처가 있습니다. 그렇기에 잘나가는 애령도 트라우마 치료를 핵심으로 하는 GT^{Ghost Therapy}라는 심리치료를 받으려고 합니다. GT는 인간이라면 누구나 한 번쯤 꿈꿔봤을 신기술로서, 돌아가고 싶은 과거의 어떤 순간으로 사람을 데려다줍니다. GT는 뇌에서 인간의 기억을 추출해 가상현실로 실감 나게 되살리고, 그 되살아난 기억 속에 현재의 '내'가 별개의 아바타가 되어 움직이는 것입니다. 사람들은 GT를 통해 트라우마의 시간을 재경험하고 싶어 하고, 애령도 마찬가지로 트라우마의 순간으로 돌아가고자 합니다.

애령의 아버지 정팔수는 겉으로 보기에는 국회의원까지 할 정도로 성공했지만, 실제로는 "가정을 버린 무책임한 사람이며 여러 명의 애인을 둔 심각한 여성 혐오자"였습니다. 이러한 아버지의 폭력성을 압축해놓은 어느 날의 사건이 그녀에게는 결정적인 트라우마가 되었네요. 애령이 스물다섯 살 때 엄마는 맹장 수술을 받고, 애령은 너무나 무서워서 열세 살 이후 연락을 하지 않던 아버지에게 전화를 겁니다. 그날 달려온 아버지는 아내와 딸을 걱정하기는커녕, 고작 맹장 수술 따위로 바쁜 사람을 오라 가라 한다며 화를 내고 소리를 지르는군요. 이때 애령은 엄마가 "세상 모두로부터 부정당한 사람의 몸짓"을 보여줬던 것을 선명하게 기억합니다. 그 기억이야말로 애령에게는 트라우마가 되었으며, 애령은 지금 그것을 최첨단 기술인 GT를 통해 극복하고자 하는 것입니다.

마흔이 넘은 애령은 그 기억 속으로 돌아가, 그날의 진실과 조우합니다. 그날 엄마에게 소리를 지르고 막말을 한 것은 분명 아버지이지만, 자신 역시 마음으로는 '약한 엄마'를 무시하고 경멸하고 있었음을 깨닫습니다. 그러나 엄마는 결코 약한 사람이 아니었으며, 남편에게 막말을 듣던 순간에도 결코 약한 모습이 아니었음을 새롭게 발견합니다. 그러고 보면 엄마는 누구에게도 의지하지 않고 혼자의 힘으로 당당하게 애령을 키워낸 여성입니다. 누구나 알다시피 이런 일은 결코 약한 자가 할 수 있는 일이 아니지요. 그런데도 애령은 "아버지가 엄마를 보던 시선"으로 엄마를 바라보았기에, 병실에서는 물론이고 평소에도 결코 어머니의 강함을 보지 못했던 것입니다.

애령의 성공 뒤에는 자신을 향한 가혹한 채찍질이 숨어있었습니다. 그녀는 젊은 시절의 무력한 엄마와 자신을 연상시키는 약한 사람들(특히 강하지 못한 여자들)을 경멸하며 살아왔던 것입니다. 표면적으로 애령은 약한 여성들의 편에 서고자 최선을 다했지만, 내면에서는 그들에 대한 편견과 무시가 꿈틀거리고 있었음을 발견합니다. 그렇기에 애령은 엄마와 같은 약한 여성이 되지 않기 위해, 자신에게 가혹한 채찍질을 하며 성공의 경주를 해왔던 겁니다. 그렇다면 강한 여성으로서 성공한 모습의 애령은, 그 자체가 트라우마의 증상에 해당한다고도 말할 수 있을 테지요. 애령이 엄마의 강함을 새롭게 발견하는 순간은 비로소 애령이 그 병실에서의 트라우마에서 벗어나는 순간입니다. 애령은 드디어 "그 병실에서 엄마를 구해내지 못했다는 죄책감, 그것이 변형되어 생겨난 짜증과 적대감, 도망치고 싶다는 마음, 혹은 이 사람을 사랑해야 한다는 의무감"에서 벗어나게 되니까요.

엄마에 대한 새로운 발견과 이해 그리고 사랑은 고스란히 애령 자신에게도 이어집니다. "왜 나는 세상 모든 여자들의 모든 부분을 사랑해야만 한다고 믿으면서 상처 때문에 그러기 힘들어하는 나 자신에게는 이토록 관대하지 못한 것일까?"라며, "어쩌면 그럴 필요가 없는지도 모른다"라며 처음으로 자신을 안아주는 것입니다. 진짜 적은 외부에 있는 것이 아니라 그 적을 닮아버린 내면에 있다는 것, 그렇기에 진정한 자유와 해방을 위해서는 외부와의 투쟁과 더불어 내면과의 끊임없는 대화가 필요하다는 것이야말로 GT를 통해 애령이 깨달은 삶의 진실일 겁니다.

(2023.5.29.)

소개 작품

도서출판 득수 평론집

요즘 소설이 궁금한 당신에게

1판 1쇄 2023년 7월 31일
1판 2쇄 2024년 9월 13일

지은이	**이경재**
펴낸이	**김 강**
편집	**채 윤**
디자인	**제일커뮤니티** 054 • 282 • 6852
인쇄 · 제책	**천우원색인쇄사**
펴낸 곳	**도서출판 득수**
출판등록	2022년 4월 8일 제2022-000005호
주소	경북 포항시 북구 장량로 174번길 6-15 1층
전자우편	2022dsbook@naver.com
ISBN	979-11-979610-0-7

값 15,000원